Enid Blyton

DOLLY 4

Dolly, die Klassensprecherin

SCHNEIDER BUCH

Deutsche Bearbeitung:
Franz Schneider Verlag

Frankfurter Ring 150 · 8000 München 40
Titelbild: Nikolaus Moras
Umschlaggestaltung: Angelika Bachmann
Illustrationen: Marga Karlson
ISBN 3-505-03650-1

92 / 76 75 74 73 72 71 70 69 68 67

Inhalt

Felicitas fährt mit

Dolly Rieder war sehr aufgeregt. Sie sollte heute in ihr Landschulheim zurückkehren, nach Burg Möwenfels — und dieses Mal nahm sie ihre Schwester Felicitas mit.

Felicitas stand neben ihrer großen Schwester auf der Treppe vor dem Elternhaus, genauso aufgeregt wie Dolly. Sie war zwölf Jahre alt und konnte nun endlich nach Möwenfels. Jüngere Mädchen wurden dort nicht aufgenommen.

Sie hatte schon so viel über diese Schule gehört — von dem Spaß, den sie dort hatten, von den Klassenräumen mit dem Blick aufs Meer, von den vier Türmen, in denen zweihundertfünfzig Mädchen schliefen, von dem großen Schwimmbad, das in die Felsen am Ufer eingelassen war.

„Fein, daß wir diesmal mit der Bahn fahren und nicht im Auto", meinte Dolly. „So wirst du unterwegs gleich ein paar von den Mädchen kennenlernen. Susanne fährt auch mit dem Zug."

Susanne Hoppe war Dollys beste Freundin und war von Anfang an, nun schon mehr als drei Jahre, mit ihr zusammen in Möwenfels.

„Hoffentlich finde ich auch so eine Freundin", sagte Felicitas. „Ich bin nicht so sicher wie du, Dolly. Niemals werde ich Mut genug aufbringen, um eine von den anderen anzureden. Und wenn Fräulein Pott mal böse auf mich ist, versinke ich gewiß in den Boden."

Fräulein Pott war die Leiterin der ersten Klasse und hatte die Aufsicht über den Nordturm, zu dem Dolly gehörte und in den auch ihre kleine Schwester kommen sollte.

„Vor Pöttchen brauchst du wirklich keine Angst zu haben", erklärte Dolly lachend und vergaß ganz, wie verzagt sie selbst am Anfang gewesen war. „Das liebe alte Pöttchen — sie ist in Ordnung."

Da kam ihr Vater mit dem Wagen, und beide Mädchen liefen die Stufen hinunter. Herr Rieder lächelte ihnen zu.

„Diesmal beide!" sagte er. „Ich erinnere mich noch gut an den Tag, als Dolly zum ersten Mal losfuhr. Das war vor drei Jahren, und damals warst du gerade erst zwölf."

„Ja", sagte Dolly und stieg mit Felicitas ins Auto. „Ich weiß noch, was du damals zu mir sagtest: ‚Du wirst von Möwenfels eine Menge mitbekommen — sieh zu, daß du der Schule eine Menge zurückgibst!'"

„Das hat Vati auch zu mir gesagt", erzählte Felicitas. „Und ich habe es gut, weil meine große Schwester mich herumführen wird — obwohl ich das Gefühl habe, schon jede Ecke in Möwenfels zu kennen."

„Wo bleibt Mutti?" fragte Dr. Rieder und hupte. „Es ist wirklich nicht leicht, diese schreckliche Familie zusammenzuholen! Wenn eure Mutter zur rechten Zeit da ist, fehlt sicher eine von euch, und wenn ihr Mädchen da seid, fehlt Mutti! Wir verpassen noch den Zug, wenn wir uns nicht beeilen!"

Frau Rieder kam die Treppe herunter. Hübsch sah sie aus in ihrem einfachen grauen Kostüm mit der blauen Bluse.

Dolly und Felicitas blickten bewundernd auf ihre Mutter. Im Landschulheim war es sehr wichtig, wie die Eltern waren. Jedes Mädchen wollte stolz auf sie sein — wie sie aussahen, sprachen und sich benahmen. Schrecklich, wenn eine Mutter in einem verrückten Hut ankam oder ein Vater in einem unordentlichen Aufzug!

„Wir wollten gerade ohne dich losfahren", sagte Dr. Rieder scherzhaft zu seiner Frau. „Nun — haben wir jetzt alles? Fehlt nicht wieder irgend etwas?"

„Diesmal haben wir nichts vergessen, Vati", sagte Dolly. „Ich habe alles abgehakt — das Nachtzeug mit Kamm und Bürste, das Gesundheitsattest — alles! Auch Felicitas' Tennisschläger, der so schlecht zu verpacken ist."

Felicitas sah sich um, ob ihre Sachen auch wirklich alle dabei waren. Sie war stolz, daß sie mitfuhr. Als ihr Haus hinter der Ecke verschwand, wurde sie freilich kleinlaut. So viele Monate sollte sie es nicht mehr sehen! Doch als Dolly von den Mädchen in Möwenfels zu erzählen anfing, wurde sie wieder fröhlich.

„Hoffentlich kommt Will diesmal wieder mit ihren sieben Brüdern zu Pferde an", sagte Dolly. „Es ist ein Anblick für Götter, wenn sie vor der Schule aufkreuzen! Das erste Mal hatte Will eigentlich im Auto ihrer Eltern kommen sollen. Aber sie entwischte, holte ihr Pferd Donner und erschien mit allen ihren Brüdern hoch zu Roß!"

„Sie heißt in Wirklichkeit Wilhelmina, nicht wahr?" fragte Felicitas. „Nennen die Lehrerinnen sie auch Will?"

„Ein paar", sagte Dolly. „Die Direktorin natürlich nicht. Und unsere neue Klassenlehrerin in der Vierten wird es auch nicht tun. Sie ist ein bißchen steif — sehr korrekt und förmlich. Ansonsten aber sehr nett."

Bald waren sie auf dem Bahnhof und trafen dort viele Gruppen von aufgeregten Mädchen, die auch zum Nordturm gehörten. Felicitas wurde scheu und nervös — liebe Zeit, so viele Mädchen, und eines kannte das andere, nur sie nicht!

Doch — eines von ihnen kannte sie: Susanne, Dollys Freundie, die jetzt lächelnd auf sie zukam.

„Hallo, Dolly! Guten Tag, Felicitas! Jetzt lernst du also endlich Möwenfels kennen! Fein! Ich möchte auch noch mal neu hinkommen, damit noch viele Jahre vor mir lägen, so wie vor dir. Du weißt gar nicht, wie gut du es hast!"

„Als ich zum ersten Mal hinkam, hat irgend jemand genau das gleiche zu mir gesagt", erzählte Dolly. „Damals war ich zwölf, und in zehn Monaten werde ich schon sechzehn. Puh — wie alt!"

„Jawohl, und vergiß bitte nicht, daß wir uns besonders alt vorkommen werden, noch bevor dieses Jahr zu Ende geht!" sagte eine vertraute Stimme hinter ihr. „Wir müssen für die Prüfungen arbeiten. Ich werde sicher graue Haare bekommen!"

„Ach, Alice!" rief Dolly erfreut. „Schöne Ferien gehabt? Das hier ist meine Schwester Felicitas. Sie kommt jetzt auch nach Möwenfels."

„Wahrhaftig?" fragte Alice. „Da will ich gleich meine Kusine suchen. Die ist auch eine Neue. Wo mag sie bloß stekken? Ich habe sie schon zweimal verloren."

Sie verschwand. Bald darauf kehrte sie mit einem etwa zwölfjährigen Mädchen zurück, das ihr sehr ähnlich sah.

„So, das ist Irmgard", sagte sie. „Freunde dich nur gleich mit ihr an, Felicitas. Ihr werdet euch in den nächsten Jahren oft genug sehen. Allerdings ist es nicht sicher, ob du Irmgard noch sehen magst, wenn du sie erst genauer kennst!"

Ob Alice das ernsthaft meinte? Dolly schaute ihr in die Augen, wurde aber nicht klug daraus. Irmgard sah nett aus, doch hatte sie einen Zug um den Mund, der Dolly nicht recht gefiel. Sie scheint ziemlich herrschsüchtig zu sein, dachte sie — aber in der Schule wird sie wenig damit durchkommen. Dafür sorgen schon die älteren Mädchen.

„Seht mal!" sagte Alice und stieß Dolly und Susanne an. „Dort kommt Evelyn und führt ihr altes Theater auf!"

Felicitas und Irmgard drehten sich um. Sie sahen ein blondes Mädchen mit blaßblauen Augen, das sich rührselig von seiner Mutter und seiner alten Hauslehrerin verabschiedete.

„So macht es Evelyn immer", sagte Alice verächtlich. „Und das in ihrem Alter! Wenn eine aus der ersten Klasse das erste Mal von zu Hause weggeht — na schön! Aber eine Fünfzehnjährige!"

Susannes Mutter unterhielt sich mit Dollys Eltern. Bei ihnen gab es weder Tränen noch Beteuerungen, und Dolly war ihnen dankbar, daß sie das richtige Gefühl für so etwas hatten.

„Da kommt Fräulein Pott", sagte Susanne, als die Hausvorsteherin des Nordturms mit einer Liste in der Hand auftauchte. „Guten Tag, Fräulein Pott. Haben Sie alle beisammen?"

„Ja, ich glaube — bis auf Irene. Ach, da bist du ja, Irene. Vermutlich ist dir der Gedanke, dich bei mir zu melden, überhaupt nicht in den Sinn gekommen? Welch ein Glück, daß Britta mit dem Auto nach Möwenfels fährt, da muß ich mich um einen Wirrkopf weniger kümmern. Jetzt steigt ihr am besten ein. Es sind nur noch vier Minuten bis zur Abfahrt."

Alles kletterte in die Abteile. Susanne und Dolly zogen Felicitas in ihres.

„Die Neuen sollen eigentlich zu Pöttchen ins Abteil kommen", sagte Dolly. „Aber du darfst bei uns bleiben. Lebwohl, Mutti! Auf Wiedersehen, Vati! Am Sonntag schreiben wir und berichten euch alle Neuigkeiten!"

„Lebt wohl!" sagte Felicitas leise.

Der Zugführer pfiff. Türen schlugen zu, und der Zug fuhr langsam an. Eltern und Mädchen winkten heftig.

Dolly sank auf ihren Platz.

„Zurück nach Möwenfels!" rief sie fröhlich. „Zum lieben alten Möwenfels."

Trubel bei der Ankunft

Die Fahrt dauerte lange, aber schließlich kam der Zug doch an der Station an, zu der Möwenfels gehörte. Die Mädchen stiegen aus und rannten zu den Schulbussen hinüber.

Felicitas war müde und aufgeregt zugleich. Dolly schien nicht im mindesten ermüdet zu sein, aber aufgeregt war auch sie. „Gleich werden wir die Schule und die übrigen Mädchen sehen", sagte sie zu Felicitas. „Paß auf, ich sage dir Bescheid, wenn du Möwenfels zum ersten Mal sehen kannst!"

Und bald warf dann Felicitas genauso den ersten Blick auf die Schule, wie es Jahre vorher ihre Schwester Dolly getan hatte. Sie sah ein großes quadratisches Gebäude aus grauen Steinen, das hoch auf einer Anhöhe stand. Dahinter lag, unten am Fuß der Klippe, das blaue Meer, aber es war von hier aus noch nicht richtig zu sehen.

Vier Türme erhoben sich an den Ecken des Baues. Felicitas' Augen leuchteten bei dem Gedanken, daß sie in einem dieser Türme schlafen würde. Sie gehörte genau wie Dolly zum Nordturm, und von dort aus sollte der Blick aufs Meer am schönsten sein! Sie war sehr glücklich.

Die Schülerinnen, die schon vorher im Auto angekommen waren, standen zum Willkomm bereit. Ein ganzer Schwarm von Mädchen lief heran, um den Freundinnen aus dem Bus herauszuhelfen.

„Hallo, Britta!" rief Irene, und vergaß beim hastigen Aussteigen ihren Koffer mit dem Nachtzeug. „Hast du wieder etwas Hübsches gezeichnet?"

„Dolly!" rief eine schüchtern wirkende Fünfzehnjährige. „Susanne! Alice!"

„He, Marlies!“ antwortete Alice. „Hast du Betty gesehen?“

Betty war die Freundin von Alice. Sie kam heran und schlug Alice auf den Rücken. „Hier bin ich! Ihr kommt ja schön spät — euer Zug scheint mächtig gebummelt zu haben!“

„Dort ist Margot!“ rief Susanne. „Und Diana! Habt ihr Will irgendwo gesehen?“

„Ja. Sie ist wie üblich auf Donner hergeritten. Jetzt ist sie bei ihm im Stall“, berichtete Betty.

In dem allgemeinen Ansturm und der Aufregung achtete niemand auf Felicitas. Hoffentlich vergißt Dolly mich nicht ganz, dachte sie. Alice jedenfalls hatte ihre Kusine Irmgard völlig vergessen. Diese Kleine kam jetzt zu Felicitas und lachte sie an.

„Unsere Großen machen einen ganz hübschen Krach, findest du nicht?“ fragte sie. „Für die sind wir nur Winzlinge. Komm, wir wollen entwischen. Die sollen nach uns suchen, wenn sie endlich geruhen, sich an uns zu erinnern. Ja?“

„Ach, nein“, sagte Felicitas.

Aber Irmgard faßte sie am Arm und zog sie fort. „Los, komm nur! Ich weiß, daß wir zur Hausmutter gehen und unser Gesundheitszeugnis abgeben müssen, ebenso wie unser Taschengeld. Wir werden sie schon allein finden.“

„Aber Dolly mag nicht . . .“, stotterte Felicitas noch, während Irmgard sie schon energisch wegzog.

So kam es, daß Dolly ihre kleine Schwester nirgends sah, als sie sich nach ihr umschaute.

„Wo ist Felicitas?“ fragte sie. „Ich weiß, wie schrecklich man sich als Neue fühlt, und wollte sie gern ein bißchen unter meine Fittiche nehmen. Wohin in aller Welt mag sie gegangen sein?“

„Mach dir keine Sorgen“, meinte Alice ungerührt. „Ich kümmere mich um die kleine Irmgard auch nicht. Sie kann gut für sich selbst sorgen; ich weiß so allerlei über die junge Dame. Sie steckt voller Dummheiten.“

„Hat jemand meinen Handkoffer gesehen?" rief Irene.

„Du mußt ihn auf deinem Platz im Bus gelassen haben", vermutete Dolly, die Irenes Zerstreutheit kannte.

Irene stürzte sofort zu den Bussen, die gerade langsam die Auffahrt hinunterfuhren. „Hallo! Halt!" schrie sie.

Aber Irene erwischte gerade noch den Bus, in dem sie hergefahren war, und stieg hinein. Sie fand ihr Köfferchen, schwenkte es wild durch die Luft, um es den anderen zu zeigen, und stieg wieder aus. Lachend kam sie zurückgelaufen.

„Ich hab's!" sagte sie und stellte es kräftig auf die Erde — zu kräftig, denn es sprang sofort auf, und der ganze Inhalt kullerte heraus.

„Ach, Irene — warum bloß passiert das bei jedem Koffer, den du hast?" fragte Dolly und half ihr beim Aufsammeln.

„Ich weiß auch nicht", sagte Irene und stopfte alles kunterbunt durcheinander hinein. „Wahrscheinlich habe ich einen schlechten Einfluß darauf. Komm, wir wollen nun zur Hausmutter gehen."

„Ich habe Felicitas immer noch nicht gefunden", sagte Dolly, die allmählich ängstlich wurde. „Sie kann doch nicht einfach verschwunden sein!"

„Laß uns auf jeden Fall zur Hausmutter gehen und ihr unsere Gesundheitsatteste und das Geld geben. Wir fragen sie nach Felicitas", sagte Susanne. „Die Busse waren alle leer — und hier ist sie augenscheinlich nicht."

So zogen sie los zur Hausmutter, die sich schon seit über einer Stunde lebhaft mit Dutzenden von Mädchen, Koffern und Gesundheitsattesten beschäftigte. Dolly freute sich, als sie sie wiedersah: freundlich und immer rührig auf den Beinen.

„Guten Tag, Dolly! Nun, Alice, bist du wieder zurückgekommen wie falsches Geld?"

„Meine Mutter, die ja auch einmal Schülerin von Möwenfels war, erzählt, daß Sie sie bei Schulbeginn immer genauso begrüßt haben", sagte Alice lachend.

„Ja, Sie war eine Schlimme", antwortete die Hausmutter lächelnd. „Aber nicht halb so schlimm wie du, Alice. — Ach, Irene, da bist du ja. Hast du dein Gesundheitszeugnis?"

Es war ein ständiger Spaß, daß Irenes Gesundheitszeugnis immer verlorengegangen war, wenn sie es der Hausmutter geben sollte.

Irene guckte erst erschrocken drein, lächelte dann aber. „Sie wollen mich auf den Arm nehmen?" sagte sie. „Meine Mutter hat es doch diesmal mit der Post geschickt."

„Nein, es ist nicht da", sagte die Hausmutter. „Heute morgen kam zwar eine Menge Post für mich — aber kein Gesundheitszeugnis. Wahrscheinlich ist es in deinem Koffer bei dem Nachtzeug, Irene. Pack aus und sieh nach."

Dolly schaute sich nach Felicitas um, aber sie konnte sie nirgends entdecken. Sie sorgte sich wirklich sehr und wurde ärgerlich. Warum hatte Felicitas nicht getan, was sie ihr geraten hatte: sich dicht bei ihr zu halten, damit sie in der Menge nicht verlorengehen konnte?

„Haben Sie wohl zufällig meine kleine Schwester gesehen?" fragte sie die Hausmutter.

„Ja. Vor ein paar Minuten war sie hier und brachte mir ihr Attest. Ihr Taschengeld hättest *du*, sagte sie. Nett, daß sie hier ist, Dolly."

Dolly war erstaunt. Felicitas war tatsächlich zur Hausmutter gegangen, ohne zu warten, daß sie mitgenommen wurde! Das sah der schüchternen Felicitas so gar nicht ähnlich!

„Wohin mag sie jetzt gegangen sein?" überlegte sie laut.

„Sie wollte sich ihren Schlafraum anschauen", sagte die Hausmutter und wandte sich Britta zu, die ihr ganzes Geld verloren zu haben schien und verzweifelt ihre Taschen umkehrte. „Britta! Ich werde Frau Greiling bitten, daß sie dich und Irene das nächste Mal in einen anderen Turm steckt. Wenn ich mich weiter mit euch beiden plagen muß, werde ich noch verrückt. Susanne, sieh doch nach, ob Irene inzwischen ihr Gesundheitsattest gefunden hat."

Susanne ging in den Schlafraum, um Irene zu suchen. Irene saß betrübt auf ihrem Bett. Der Inhalt ihres kleinen Koffers war über das Deckbett verstreut — das Gesundheitszeugnis war nicht dabei.

„Ach, Irene, du bist wirklich ein Schaf", sagte Susanne, stöberte herum und schüttelte sogar die Beine von Irenes Schlafanzug aus, falls das kostbare Stück Papier hineingeraten wäre. „Ich denke, deine Mutter hat das Attest diesmal mit der Post geschickt?"

„Ja, und ich verstehe einfach nicht, warum es hier noch nicht angekommen ist", stöhnte Irene.

„Vielleicht hat sie es dir gegeben, damit du es zur Post bringst, und du hast es dann vergessen?" sagte Susanne.

Irenes Gesicht hellte sich plötzlich auf. „Du hast's erfaßt, Susanne!" rief sie. „Mutter hat es mir gegeben, damit ich es bei der Post einwerfe, und ich habe es vergessen!"

„Und wohin hast du es getan?" fragte Susanne. „Wahrscheinlich liegt es zu Hause auf dem Tisch in deinem Zimmer?"

„Nein, dort nicht", sagte Irene triumphierend. „Ich habe es in die Innentasche meines Mantels gesteckt, um es unterwegs nicht zu verlieren. Dann habe ich auf der Post ein paar Briefmarken gekauft und bin nach Hause gegangen. Der Brief mit dem Zeugnis muß noch in meinem Mantel sein!"

Dort fand er sich tatsächlich, und Irene lief fröhlich damit zur Hausmutter. Die Hausmutter begriff nicht alles, was Irene ihr erklärte, aber sie schob es auf Irenes gewöhnliche Zerfahrenheit und nahm das Gesundheitszeugnis schnell an sich, bevor es abermals verlorenging.

„Hat Dolly ihre kleine Schwester gefunden?" fragte sie.

Irene wußte es nicht, versprach aber, sich darum zu kümmern.

Dolly hatte Felicitas wirklich gefunden. Sie war im Schlafsaal der ersten Klasse, mit Irmgard und mehreren anderen. Irmgard schwatzte mit allen drauflos, als wäre sie schon lange hier. Felicitas stand schüchtern daneben und hörte zu.

„Felicitas", rief Dolly. „Warum hast du nicht auf mich gewartet? Du weißt doch, daß ich mit dir zusammen zur Hausmutter gehen wollte!"

„Ach, ich habe sie mitgenommen", sagte Irmgard. „Ich fand, sie konnte geradesogut mit mir gehen. Wir sind doch beide neu. Und ich wußte, daß Alice sich nicht um mich kümmern würde. Deshalb glaubte ich, du wolltest dich auch nicht um Felicitas kümmern. Wir haben unsere Gesundheitsatteste abgegeben. Du mußt nur noch ihr Geld abliefern."

„Das weiß ich", sagte Dolly von oben herab. Welche Frechheit von der Neuen, so mit ihr zu reden! „Ich finde, du hättest warten können", sagte sie zu Felicitas. „Ich wollte dir so gern deinen Schlafsaal und alles zeigen."

Dolly ging in ihren eigenen Schlafsaal zurück, um ihr Nachtzeug auszupacken. Sie war ärgerlich und enttäuscht.

„Hast du Felicitas gefunden?" fragte Alice.

„Ja", antwortete Dolly kurz. „Sie ist mit deiner Kusine, dieser . . . dieser Irmgard, einfach auf und davon gegangen. Das hat mich mächtig enttäuscht. Man sollte meinen, diese jungen Dinger würden abwarten, daß wir sie ein bißchen herumführen."

„Ach, Irmgard steht recht gut auf eigenen Füßen", sagte Alice. „Sie ist ein eigensinniger kleiner Dickkopf. Immer will sie alles selbst herausfinden. Deshalb denke ich gar nicht daran, sie unter meine Fittiche zu nehmen! Warte ab, bis du sie mal loslegen hörst, wenn sie richtig in Fahrt ist. Dann beweist sie dir glatt, daß Schwarz weiß ist."

„Ich mag diese Art nicht sehr", sagte Dolly und hoffte, daß Irmgard nicht etwa Felicitas unter *ihre* Fittiche nähme. Aber sicherlich mochte auch ihre Schwester solche Mädchen wie Irmgard nicht.

„Ja, sie ist wirklich ein bißchen frech", gab Alice zu. „Das ist bei uns ein Familienfehler."

Dolly sah Alice an. Es klang nicht, als hielte Alice es tatsächlich für einen Fehler — eher schien sie noch stolz darauf zu sein. Sicherlich hatte Alice eine scharfe Zunge, aber die Jahre in Möwenfels hatten das doch ziemlich gemildert. Der Jammer war nur, daß Alice sehr klug und auch kerngesund war. Sie konnte jede andere ohne die geringste Anstrengung überrunden. Wahrscheinlich hat sie nie im Leben eine Grippe oder Kopfweh gehabt, dachte Dolly.

Die Mädchen packten ihr Nachtzeug aus und legten sich alles zum Schlafengehen zurecht. Dolly sah sich im Schlafsaal um — froh, daß sie wieder hier war.

Es war ein hübscher Raum mit schönem Ausblick aufs Meer. Die Betten standen in einer Reihe. Am Ende des Saales waren die Waschbecken.

Irene planschte in dem einen; sie wusch sich den Reisestaub ab. Sie kam immer schmutziger an als jede andere. Niemand hätte vermutet, daß dieses zerstreute Mädchen in Musik und Mathematik das reinste Genie war. Jeder mochte Irene, aber jeder lachte über sie.

Jetzt, beim Waschen, summte sie eine Melodie: „Tamtitati, tamti-tati, ta, ta, ta!"

„Irene, sag bloß nicht, daß wir diese Melodie in den nächsten Wochen ständig hören müssen!" stöhnte Evelyn, die immer über Irenes Gesumme und Gesinge meckerte.

Die Zwillinge

In diesem Augenblick ging die Tür auf, und die Hausmutter führte zwei Neue herein.

„Hier — das sind die Baumann-Zwillinge", stellte sie vor. „Conny und Ruth. Sie gehören in die vierte Klasse und sollen in diesem Saal schlafen. Bitte, kümmert euch um sie, Susanne und Dolly, ja?"

„Willkommen im besten Schlafsaal von ganz Möwenfels!"

Die Mädchen sahen zu den Zwillingen hin. Ihr erster Gedanke war: Wie können Zwillinge so verschieden aussehen!

Conny war groß und kräftig und sah dreister aus als die kleinere und schüchtern wirkende Ruth. Sie lächelte und nickte allen zu.

Ruth dagegen hob kaum den Kopf, um sich umzuschauen, und sobald sie konnte, stellte sie sich ein Stück hinter die Schwester.

„Hallo, ihr zwei beide!" rief Alice. „Seid herzlich willkommen im besten Schlafsaal von ganz Möwenfels! Das dort drüben müssen eure Betten sein — die beiden leeren nebeneinander."

„Ihr packt euer Nachtzeug am besten jetzt gleich aus", erklärte Dolly. „Das Abendbrot wird bald fertig sein. Es kann jeden Augenblick läuten."

„Hoffentlich gibt es etwas Gutes", sagte Conny und lachte. „Ich habe einen Hunger wie ein Wolf."

„Ja, am ersten Abend gibt es immer ein prima Essen", erklärte Susanne.

„Los, wir wollen uns beeilen", sagte Conny zu Ruth. Und damit öffnete sie beide Koffer und zog alle Sachen schnell heraus.

Ruth sah sich hilflos um.

„Und das hier sind gewiß unsere Kommoden", meinte Conny und fing an, alles sehr geschickt wegzupacken.

Dann läutete es zum Abendessen.

„Hurra!" rief Britta übermütig. „Ich könnte heute abend einen ganzen Gänsebraten für mich allein vertragen! Und hinterher noch eine doppelte Portion Götterspeise!"

Im Speisesaal gab es dann zwar keinen Gänsebraten, dafür aber Platten mit kaltem Schinken, Schüsseln mit verschiedenen Salaten und Berge von Röstkartoffeln. Und als Nachtisch tatsächlich Götterspeise — wenn auch zu Brittas Enttäuschung für jeden nur eine Portion! Auf allen Tischen standen außerdem große Krüge mit Zitronenlimonade.

„Wahrhaftig", sagte Conny zu Ruth, „wenn wir hier solches Essen bekommen, geht es uns gut. Viel besser als in unserem alten Internat."

„Ich will euch nicht die Freude nehmen", sagte Alice, „aber mir scheint, ich muß euch aufklären: Solch gutes Essen bekommen wir hier nur am ersten und am letzten Tag. Morgen abend zum Beispiel gibt es bloß Schmalzbrote und Pfefferminztee."

Die Zwillinge machten lange und enttäuschte Gesichter. Sie konnten ja nicht wissen, daß Alice, die sowieso immer stark übertrieb, sie nur ein bißchen auf den Arm nehmen wollte.

Dolly hielt nach Felicitas Ausschau. Es war zwar nicht möglich, sie an den Tisch ihrer eigenen Klasse zu holen, aber vielleicht war sie doch so in der Nähe, daß man ein Wort mit ihr reden konnte.

Nein, sie war zu weit weg dafür, und obendrein saß sie neben der widerlichen kleinen Irmgard — oje! Irmgard sprach eifrig auf sie ein, und Felicitas hörte gebannt zu.

Alice beobachtete Dollys mürrische Blicke zu Irmgard und Felicitas.

„Die haben sich ja schnell angefreundet", sagte sie zu Dolly. „Sieh bloß, wie Felicitas lauscht! Du solltest mal die Geschichten hören, die Irmgard von ihrer Familie zum besten gibt. Bei der zu Hause sind alle närrisch, genau wie bei uns."

Dolly dachte an Alices spannende Erzählungen, wenn sie endlos von ihrer fröhlichen, ausgelassenen Familie berichtete. Wahrscheinlich war Irmgard genauso — aber es verletzte Dolly, daß Felicitas so offensichtlich von ihr entzückt war.

Gut, wenn sie meint, sie kann allein fertig werden — meinetwegen, dachte Dolly. Wahrscheinlich ist es für sie so am besten. Aber für mich ist es doch eine Enttäuschung. Diese schreckliche kleine Irmgard wird vermutlich alles herausfinden, was sie wissen will, Felicitas also alles zeigen, was ich ihr gern zeigen wollte: das Schwimmbad, den Garten und die Ställe . . .

Felicitas wünschte sehnlich, nach dem Abendessen zu Dolly zu gehen und sie ein paar Dinge zu fragen.

Aber kaum hatte sie das erwähnt, als Irmgard sie zurückzog. „Das darfst du nicht", sagte sie. „Weißt du nicht, wie ungern die Älteren es haben, wenn ihre jüngeren Schwestern oder Kusinen ihnen am Rockzipfel hängen? Alice hat mir gesagt, ich müßte selber sehen, wie ich hier zurechtkäme. Die Kleinen aus der Anfängerklasse, hat sie wörtlich erklärt, wären hier etwas so Unbedeutendes, daß man sich mit ihnen unmöglich abgeben könne."

„Wie gemein von ihr", sagte Felicitas. „Dolly ist nicht so."

„Alle sind sie so, die Großen", widersprach Irmgard. „Und warum sollten sie sich auch mit uns abplagen? Wir müssen lernen, auf eigenen Füßen zu stehen! Warte lieber, bis deine Schwester von selbst zu dir kommt. Tut sie es nicht, weißt du, daß sie nicht von dir belästigt werden will. Kommt sie aber, dann tu nicht so, als wärst du auf sie angewiesen.

Wenn du dir selbst zu helfen weißt, wird sie dich viel mehr achten."

„Ja, vielleicht hast du recht, Irmgard", sagte Felicitas nachdenklich. „Dolly hat oft über Mädchen gespottet, die unselbständig sind. Und schließlich — die meisten Neuen haben keine Schwestern hier. Deshalb darf ich auch nicht erwarten, daß meine mich betreut, bloß weil ich hier neu bin."

Irmgard sah sie so anerkennend an, daß Felicitas sich geschmeichelt fühlte. „Ein Glück, daß du nicht weichlich bist", sagte Irmgard. „Ich fürchtete schon, du wärst es. — Sieh, hier kommt Dolly doch. Nun wein dich nur nicht an ihrer Schulter aus."

„Wie sollte ich!" sagte Felicitas entrüstet. Sie lächelte Dolly entgegen.

„Nun, Felicitas, kommst du zurecht?" fragte Dolly freundlich. „Brauchst du irgendeinen Rat oder eine Hilfe?"

„Danke dir sehr, Dolly — aber ich weiß mir selbst zu helfen", erwiderte Felicitas, obwohl sie Dolly gern verschiedene Fragen gestellt hätte.

„Magst du mitkommen und das Schwimmbad anschauen?" schlug Dolly vor. „Wir haben gerade noch Zeit dafür."

Dolly hatte vergessen, daß die „Anfänger"-Klasse am ersten Abend unmittelbar nach dem Essen zu Bett mußte.

Doch Irmgard wußte es. Sie antwortete anstelle von Felicitas. „Wir müssen sofort schlafen gehen. Felicitas kann also heute abend nicht mit", erklärte sie in etwas zu bestimmtem Ton. „Wir wollen morgen vor dem Frühstück hingehen."

„Ich spreche mit Felicitis, nicht mit dir", entgegnete Dolly hochmütig. „Gib nicht so an, Irmgard! Sonst wirst du hier nichts zu lachen haben!" Dann wandte sie sich wieder an Felicitas und sagte kühl: „Nun, ich freue mich, daß du zurechtkommst, Felicitas. Es ist schade, daß du nicht zu meinem Schlafsaal gehörst. Aber dort sind natürlich nur Mädchen aus der vierten Klasse."

Es läutete.

„Wir müssen zu Bett!" rief Irmgard. „Wir gehen besser. Ich werde mich an deiner Stelle um Felicitas kümmern, Dolly." Und damit schob sie ihren Arm in den von Felicitas und zog sie mit sich.

Vor Wut kochend, sah Dolly den beiden nach. Und ihr Zorn verrauchte auch nur halb, als Felicitas sich noch einmal umdrehte und ihr zulächelte.

Dieses freche kleine Biest von Irmgard! dachte Dolly. Noch nie in meinem Leben hätte ich jemand so gern ein paar heruntergehauen wie ihr!

Noch eine Neue!

Schlafengehen in Möwenfels war am ersten Abend immer sehr lustig. Es war nett, wieder mit so vielen Mädchen zusammenzusein, über die Ferien zu sprechen und zu überlegen, was die nächste Zeit bringen mochte.

„Diesmal werden wir entsetzlich viel büffeln müssen!" stöhnte Diana. „Es ist wirklich zu blöde, daß hier in Möwenfels im vierten Jahr Prüfungen abgehalten werden!"

„Einfach schrecklich", stimmte Alice ein.

„Na, *dich* braucht das doch nicht zu kümmern", sagte Will. Sie hatte bis dahin nicht viel gesprochen, und die andern hatten sie in Ruhe gelassen. Sie wußten ja, daß sie in den ersten Tagen immer ganz krank vor Sehnsucht war — nicht nach daheim, sondern nach ihrem Pferd. In den Ferien waren sie und Donner unzertrennlich gewesen, aber hier konnte sie ja immer nur kurze Zeit mit ihm zusammen sein.

Alice sah Will an. „Wieso braucht mich das nicht zu kümmern?" fragte sie.

„Du mußt doch nicht richtig arbeiten, Alice", antwortete

Will. „Du lernst mühelos und spielend. Ordentlich zu pauken, bis der Kopf raucht — ich wette, so etwas brauchst du nie."

„Margot, machst du die Prüfungen mit?" fragte Dolly.

Margot war im letzten Jahr sehr krank gewesen und hatte ihre Stimme verloren. Eine herrliche Stimme — und sie hatte immer davon gesprochen, daß sie Opernsängerin werden wollte.

„Natürlich versuche ich es", antwortete Margot. „Aber bestehen werde ich wohl kaum. Wißt ihr übrigens, daß meine Stimme sich etwas erholt hat?"

„Was!" rief Susanne. „Das ist aber schön für dich, Margot. Du wirst also wieder singen können!"

„Viel nicht. Aber ich werde in diesem Sommer wahrscheinlich merken, ob sich für mich eine Gesangsausbildung doch noch lohnt."

„Alles Gute wünsche ich dir, Margot", sagte Dolly. Sie dachte an die Zeit, als Margot noch hatte singen können, und das ganze Mädchen nichts war als Stimme — ein kleines charakterloses Etwas. Jetzt besaß Margot Charakter, das mußte wohl jeder zugeben.

Ob sie wohl so wird wie früher, wenn sie wieder singen kann? überlegte Dolly. Wahrscheinlich nicht. Sie hat sich ja niemals beklagt oder selbst bemitleidet, als sie die Stimme verlor.

„Hört mal", rief Marlies. „Wem gehört denn das Bett hier am Ende? Sachen liegen nicht darauf."

Wahrhaftig: Ein Bett war noch übrig.

„Aber wenn es nicht gebraucht würde, hätte man es nicht aufgestellt", meinte Dolly. „Wahrscheinlich kommt noch eine Neue."

„Morgen werden wir es erfahren", sagte Alice gähnend. „Wie kommt ihr zurecht, Zwillinge? Alles in Ordnung?"

„Danke, ja", antworteten die beiden höflich. Sie lagen schon im Bett. Dolly hatte vergnügt beobachtet, daß Conny sich um Ruth wie um eine jüngere Schwester kümmerte. Sie hatte ihr das Bett aufgeschlagen und ihr sogar das Haar gebürstet!

Da lagen sie beide mit müden Gesichtern: das von Conny derb und rund, das von Ruth schmal und herzförmig. Beide hatten strohblondes Haar, aber Connys war ganz glatt und Ruths lockig.

„Gute Nacht", sagte Dolly und lachte ihnen zu. Sie lächelten zurück. Sicherlich waren sie gut zu leiden. Nur schade, daß sie sich nicht sehr ähnelten. Das wäre ein Spaß gewesen!

Fräulein Pott sah ins Zimmer. Ein paar Mädchen schliefen schon. „Also Schluß mit der Unterhaltung", sagte die Lehrerin freundlich.

Wie sich Felicitas wohl fühlt? überlegte Dolly. Hoffentlich hat sie kein Heimweh. Freilich wird sie gar keine Zeit dafür haben, wenn Irmgard im nächsten Bett liegt und dauernd redet. Ein unangenehmes Mädchen! dachte Dolly. Und so dreist!

Als es am Morgen zum Aufstehen läutete, gab es viel Gestöhne. Niemand rührte sich aus dem Bett.

„Los, wir müssen aufstehen!" rief Dolly schließlich. „Vorwärts! Du liebe Zeit, seht bloß Evelyn — die schläft noch fest!"

Dolly blinzelte Susanne zu. Sie wußte genau, daß Evelyn in Wahrheit gar nicht mehr schlief, sondern nur ein paar Minuten noch dösen wollte.

„Sie wird zu spät kommen", sagte Susanne. „Wir müssen ihr am ersten Morgen den Ärger ersparen. Drück lieber einen nassen Schwamm über ihr aus, Dolly."

Diese Aufforderung hatte wie immer die gewünschte Wirkung: Evelyn öffnete entrüstet die Augen und setzte sich im Bett auf.

„Wagt ja nicht, den Schwamm auszudrücken!" rief sie zornig. „Dieses gräßliche Frühaufstehen! Ach, zu Hause . . "

„Ach, zu Hause stehen wir nie vor acht Uhr auf!" sangen ein paar Mädchen im Chor. Andere lachten. Sie kannten Evelyns Klagen längst auswendig.

„Hat deine alte Lehrerin ihrem Liebling das Bettchen gemacht?" fragte Alice. „Hat sie ihm das Lätzchen umgebunden? Und hat sie ihre liebe, süße Evelyn mit einem silbernen Löffelchen gefüttert?"

„Hör auf, Alice", bat Dolly. „Fang nicht gleich mit ihr an!"

Alice stieß Susanne an und deutete auf die Zwillinge. Conny machte das Bett für Ruth.

„Ich kann das selber", protestierte Ruth.

Aber Conny schob sie weg. „Ich habe Zeit genug, Ruth", sagte sie. „Du bist bei solchen Sachen immer so langsam. Früher habe ich es dir ja auch abgenommen, warum also hier nicht?" Sie sah sich um und merkte, wie die anderen sie beobachteten. „Hat jemand was dagegen?" fragte sie.

„Aber ganz und gar nicht", flötete Alice. „Du kannst mein Bett gleich mitmachen, wenn du magst. Ich bin bei solchen Sachen auch immer so langsam."

Conny tat, als höre sie es nicht. Sie beschäftigte sich weiter mit Ruths Bett. Ruth stand mit hilfloser Miene daneben.

„Von welcher Schule kommt ihr?" fragte Susanne. Sie wendete sich dabei an Ruth. Aber Conny antwortete. „Wir waren in Schwarzenburg. Es war hübsch dort — aber nicht so nett, wie es hier zu sein scheint."

„Habt ihr viel Handball gespielt?" fragte Dolly Ruth.

Wieder antwortete Conny. „Leider nein. Aber ich möchte es schrecklich gern."

„Und du?" Susanne stellte ihre Frage ganz direkt und deutlich an Ruth. Konnte die nicht reden?"

Die Antwort aber kam abermals von Conny. „Ruth mag immer dasselbe wie ich. Sie wird begeistert sein vom Handball."

Gerade wollte Susanne fragen, ob Ruth wohl auch selbst einmal etwas sagen könnte, da läutete es zum Frühstück.

Dolly hielt nach Felicitas Ausschau, als die Schülerinnen in den großen Speisesaal einströmten — alle Nordturm-Mädchen zusammen. Jeder Turm auf Möwenfels war wie eine Pension für sich, mit eigenen Gemeinschaftsräumen, Eß- und Schlafsälen. Die Klassenzimmer lagen in den langen Gebäuden zwischen den Türmen.

Felicitas kam herein, nett und ordentlich anzusehen.

Genauso sah Dolly vor vier Jahren aus, als sie das erste Mal schüchtern zum Frühstück erschien, dachte Fräulein Pott.

Vor Felicitas ging Irmgard. Sie wirkte nicht wie eine Neue am ersten Morgen, eher wie ein Mädchen aus der dritten Klasse. Sie nickte Alice zu, grinste Dolly an, die eisig zurückblickte, und unterhielt sich liebenswürdig mit der Französischlehrerin Mademoiselle Dupont, die an ihrem Tisch die Aufsicht hatte. Dort saßen auch Schülerinnen der zweiten Klasse, und befriedigt beobachteten Alice und Dolly, wie zwei von ihnen Irmgard energisch zurückschoben, als sie sich vorn an den Tisch drängeln wollte.

Doch das konnte Irmgard nicht entmutigen. Sie setzte sich auf einen anderen Platz und sagte irgend etwas zu Felicitas, die unbehaglich lächelte.

Felicitas lächelte Dolly an, die herzlich zurücklächelte und ganz vergaß, daß ihre Schwester wahrscheinlich vor dem Frühstück ohne sie hinunter zum Schwimmbad gegangen war.

Susanne erinnerte sich plötzlich an das leere Bett.

„Fräulein Pott", sagte sie, „in unserem Schlafsaal ist noch ein Bett unbesetzt. Wissen Sie, für wen es bestimmt ist?"

„Ja, warte mal ... da kommt heute doch noch ein neues Mädchen ... wie heißt sie doch gleich? Ja, Clarissa von Hartenstein — richtig, es ist sogar schon ein Brief für sie da. Hier, Susanne, leg ihn bitte auf ihren Nachttisch, ja?"

Als der Brief über den Tisch gereicht wurde, warf Evelyn einen Blick darauf. Er war gerichtet an „Clarissa Edle von und zu Hartenstein". Edle von und zu — wie vornehm das klingt! dachte sie verzückt. Wenn das meine Freundin würde! Ich werde mich um sie kümmern, wenn sie kommt!

Alices scharfe Augen hatten die Aufschrift gleichfalls erspäht, und sie beobachtete Evelyn grinsend. Sie hat es also auf diese adlige Clarissa abgesehen! dachte sie. Das gibt wieder viel Spaß!

Wer wird Klassensprecherin?

Die vierte Klasse wurde von Fräulein Wagner geleitet. Sie war sehr gebildet und wirkte ein wenig steif, hatte aber ein sanftes Herz. Doch das bedeutete keineswegs, daß sie etwa nicht auf Disziplin hielt. Der Jahrgang der vierten Klasse brachte zwar immer viel Arbeit — aber diesmal war Fräulein Wagner auch auf viel Ärger gefaßt.

Hoffentlich werden sie alle die Prüfungen bestehen, überlegte sie. Keines der Mädchen ist wirklich dumm, höchstens Evelyn. Diana wird wohl in den Ferien tüchtig gearbeitet haben. Margot hat sich gut herausgemacht, ebenso Will . . .

In der vierten Klasse waren nicht nur Mädchen aus dem Nordturm, sondern auch aus anderen Türmen. Betty Hiller, Alices Freundin, gehörte dazu. Sie war genauso vorlaut wie Alice, aber nicht so begabt. Sie wohnte im Westturm. Alice und sie jammerten oft, daß die Schulleitung so hartherzig sei, sie nicht beide in den Nordturm zu geben. Bettys Eltern hatten sogar an die Schulleitung geschrieben, und die Direktorin, Frau Greiling, hatte den Wunsch an Fräulein Pott weitergegeben, die Hausvorsteherin des Nordturms.

Fräulein Pott hatte das jedoch abgelehnt und gesagt: „Mit Alice allein werde ich fertig. Aber beide zusammen — da hätte ich keinen Augenblick Frieden.“

Franz Hübner/Mario Kessler
Faxenmaxe
Der Hase Max ist immer gut gelaunt und vertreibt mit seinen Späßen die Sorgen der Tiere. Best.-Nr. 4545 16,80/ÖS 129,–

Burckhard Garbe/Rolf Rettich
Im Kaufhaus Kaufrausch
Viel zu sehen und zu staunen gibt es im Kaufhaus Kaufrausch. Best.-Nr. 4544 16,80/ÖS 129,–

Renate Axt
Gute Besserung!
Pia muß ins Krankenhaus und hat Angst davor. Doch alles wird nur halb so schlimm wie befürchtet. Best.-Nr. 4549 9,80/ÖS 79,–

Dimiter Inkiow
Meine Schwester Klara und der lustige Popo
Auch in diesem 18ten Band bringt Klara wieder alle zum Lachen.
Best.-Nr. 4546 9,80/ÖS 79,–

Dimiter Inkiow
Das sprechende Auto
Herr Kluge ist Erfinder. Hier wird seine neueste Erfindung vorgestellt.
Best.-Nr. 4518 9,80/ÖS 79,–

Nan Inger Östmann
Nina und die Hundebabys
Mit den acht kleinen Hundebabys ändert sich Ninas Leben. Best.-Nr. 4250 9,80/ÖS 79,–

Alfons Schweiggert
Mini, die kleinste Katze der Welt
Sehr viel Liebe und Zuwendung braucht das kleine Kätzchen Mini.
Best.-Nr. 4548 9,80/ÖS 79,–

Kerstin Sundh
Verrückte Ferien mit Milli und Molli
verbringt Kai auf dem Kinderhof. Anfängliches Heimweh verliert sich schnell.
Best.-Nr. 4198 9,80/ÖS 79,–

Klaus-Peter Wolf
Stop! Wir haben Vorfahrt!
Jans sehnlichster Wunsch ist es, einmal Schülerlotse zu werden ...
Best.-Nr. 4550 9,80/ÖS 79,–

Ingeborg Feustel/Charlotte Panowsky
Geburtstag im Apfelbaum
Mit enem ganz besonderen Kunststück überrascht das Hexlein Josi seine Geburtstagsgäste. Best.-Nr. 4553 8,95/ÖS 69,–

Gisela Henkel
Lisa bekommt ein Geschwisterchen
Lisa freut sich riesig, denn sie bekommt ein Geschwisterchen.
Best.-Nr. 4551 9,80/ÖS 79,–

Jo Martin
Wer hat den Mond gemopst?
Die Tiere im Wald wundern sich, denn der Mond ist nur noch eine Sichel.
Best.-Nr. 4552 9,80/ÖS 79,–

BILDERBÜCHER

BENJAMIN

Großdruck

Schreibschrift

BILDERBÜCHER

Cartwright Bilderbücher
- **Das Ferkel ist weg** Best.-Nr. 4639
- **Die tüchtige Vogelscheuche** Best.-Nr. 4640

Die Bilderbücher dieser Reihe schildern amüsante und witzige Erlebnisse und Situationen im Zusammenleben von Menschen und Tieren auf dem Land. Je 9,80/ÖS 79,–

Richard Scarry
Hoppla! Hier kommt Herr Tolpatsch!
Herr Tolpatsch sorgt stets für Aufregung und Durcheinander.
Best.-Nr. 4630 19,80/ÖS 149,–

BILDVORLESEBÜCHER

ERZÄHLER BIBLIOTHEK

Bekannte Autoren erzählen klassische Geschichten – spannend, witzig und lehrreich
Max Kruse **Wie die Schuhe fliegen lernten und andere Schelmengeschichten** Best.-Nr. 4645
Ursel Scheffler **Wie David den Goliath besiegte und andere biblische Geschichten** Best.-Nr. 4646
Je 24,80/ÖS 199,–

Sheringham/Stimson
5-Minuten-Geschichten zum Vorlesen
Über 100 schöne Geschichten und keine dauert länger als 5 Minuten.
Best.-Nr. 4600 15,–/ÖS 119,–

Dalmais/Smith
Willkommen bei Familie Bär
Bobo, ein kleiner aufgeweckter Teddybär stellt seine Familie vor. Best.-Nr. 4558 15,–/ÖS 119,–

DAS KLEINE SCHNEIDERBUCH

Andreas Hantke
Neue Kinderlieder
Best.-Nr. 4629 3,95/ÖS 29,–

Magarethe Kaspar
Abzählreime
Neue und alte, bekannte und unbekannte Abzählreime sind hier gesammelt.
Best.-Nr. 4628 3,95/ÖS 29,–

TIERBÜCHER

Hans G. Franciskowsky
Auf den Spuren bedrohter Tiere
Im Reich der Robben, Bd. 1 Best.-Nr. 4463
Achtung Eierdiebe!, Bd. 2 Best.-Nr. 4475
Der Tierschutz ist Thema dieser neuen spannend geschriebenen Serie. Je 9,80/ÖS 79,–

Andrea Pabel
Mira und der blaue Delphin
Eine zauberhafte Geschichte über Miras Begegnung mit dem sagenhaften blauen Delphin. Best.-Nr. 4485 8,95/ÖS 69,–

Virginia Vail
Sternchen darf nicht sterben
Tierarzt-Praxis Birkenallee 7, Bd. 11
Wieder einmal gibt es viel Wirbel in der bekannten Tierarztpraxis. Best.-Nr. 4659 9,80/ÖS 79,–

Sharon M. Hart
Glorias Rennen
Ein Paradies für Tiere, Bd. 4
Werden Sarah und ihre Stute Gloria das Rennen trotz der unvorhergesehenen Zwischenfälle gewinnen? Best.-Nr. 4380 9,80/ÖS 79,–

MÄDCHEN

Kerstin Sundh
Das Geheimnis der Perlenkette
Miranda, Bd. 1
Miranda nimmt eine wertvolle Perlenkette an sich. Ein unruhiges Versteckspiel beginnt …
Best.-Nr. 4415 12,80/ÖS 99,–

Kerstin Sundh
Ein ganz besonderes Geschenk
Miranda, Bd. 2
Oft wünscht sich Miranda, in einem der Häuser der Stadt zu wohnen. Dabei kann es bei ihr zu Hause sehr schön sein. Best.-Nr. 4412 12,80/ÖS 99,–

Gabriele Kuhnke
Bei uns in Sommerland
Iris hat´s gut auf dem herrlichen Hof in Sommerland. Best. -Nr. 4648 9,80/ÖS 79,–

Birgitte Blobel
Sturm im Schmetterlingsland
Die Power-Girls, Bd. 4
Victor und Lola geraten in den Sturm ihres Lebens, der ihnen einiges an Standfestigkeit abverlangt. Best.-Nr. 4647 10,80/ÖS 85,–

Peter Kuntze
Im Zelt auf dem Hubertushof
Das Trio mit Pfiff, Bd. 5
Abenteuerliche Erlebnisse auf dem Hubertushof halten das Flöten-Trio pausenlos in Atem.
Best.-Nr. 4543 9,80/ÖS 79,–

Evelyne Kolnberger
Die Mädchen von Timonera
Überraschungen auf Mallorca für die ganze Familie … Best.-Nr. 4581 9,80/ÖS 79,–

Irma Krauß
Katharina, 15 Jahre
Sorge und Nöte eines 15jährigen Teenagers.
Best.-Nr. 4601 10,80/ÖS 85,–

Sue Welford
Hunger nach Leben
Jasons Schwester leidet an Magersucht.
Er unternimmt alles, um ihr zu helfen.
Best.-Nr. 4680 10,80/ÖS 85,–

Barbara Wersba
Ich bin einfach ich!
Hannas Eltern wollen etwas ganz Besonderes aus ihrer Tochter machen. Doch Hanna geht ihren eigenen Weg.
Best.-Nr. 4650 10,80/ÖS 85,–

PFERDEBÜCHER

Ursula Isbel
Wechselnde Pfade
Pferdeheimat im Hochland, Bd. 4
Was ist mit Lauris Pferd Dandy geschehen?
Best.-Nr. 4371 10,80/ÖS 85,–

Ann Sheldon
Der Ritt zum Canyon
Lisa und die Ranch der Pferde, Bd. 4
Abenteuerlicher Wanderritt zum geheimnisumwitterten Gold Canyon.
Best.-Nr. 4488 9,80/ÖS 79,–

ABENTEUER

Carol Fenner
Der Sommer der Pferde
Faith freut sich auf die Ferien auf dem Pferdehof. Best.-Nr. 4529 10,80/ÖS 85,–

Sabine Jörg
Mein Pony bleibt bei mir
Als der Ponyhof in Gefahr gerät, setzen sich Sonja und das Mädchen für dessen Erhaltung ein. Best.-Nr. 4398 9,80/ÖS 79,–

Helga Wegener-Olbricht (Hrsg.)
Mein Pferd läuft mit dem Wind
Heitere und ernste Geschichten, in denen das Pferd der beste Freund des Menschen ist. Best.-Nr. 4621 12,80/ÖS 99,–

Hans G. Franciskowsky
Der Ritt am Meer, Wendy, Bd. 4
Wendy und ihre Freunde finden ein entkräftetes Pferd. Bald sind die Freunde einem Geheimnis auf der Spur… Best.-Nr. 4596 10,80/ÖS 85,–

Hans G. Franciskowsky
Zuflucht auf Lindenhöhe
Wendy, Bd. 5
Viel Wirbel um Mia und das Reitpony Caramel. Best.-Nr. 4620 10,80/ÖS 85,–

Uta Over
Zuerst kommen die Pferde
Der Schwalbenhof, Bd. 2
Die Zwillinge Ina und Tanja sind sprachlos, als eines Tages ein hübsches, braunes Lama im Pferdestall steht. Best.-Nr. 4567 9,80/ÖS 79,–

Gunilla Wolde
Reiten mit Putte
Kias sehnlichster Wunsch geht in Erfüllung: Der Wallach Putte wird ihr Pflegepferd. Best.-Nr. 4386 10,80/ÖS 85,–

Walter Farley
Blitz, der schwarze Hengst, Bd. 1
Alec wird bei einem Schiffbruch von dem Hengst Blitz gerettet. Ein großes Abenteuer beginnt … Best.-Nr. 4663 12,80/ÖS 99,–

Walter Farley
Blitz kehrt heim, Bd. 2
Alec versucht alles, um Blitz zurückzugewinnen. Best.-Nr. 4664 12,80/ÖS 99,–

Peter Kuntze
Dicke Luft im Klassenzimmer
Die verflixte 7b, Bd. 1
Frech, witzig und zu allen Schandtaten bereit – das ist der Ruf der 7b. Best.-Nr. 4597 9,80/ÖS 79,–

Peter Kuntze
Die unheimliche Bio-Stunde
Die verflixte 7b, Bd. 2
Beim Anlegen eines Biogartens stoßen die Schüler auf ein aufsehenerregenes Hindernis. Best.-Nr. 4598 9,80/ÖS 79,–

Paul und Emma Rogers
Das tollste Fahrrad der Welt
Aufregende Abenteuer um ein altes, verrostetes Fahrrad. Best.-Nr. 4653 8,95/ÖS 69,–

Manfred Böckl
Im Höllbach ist die Hölle los oder Das Geheimnis der Burgruine
Pizza-Bande, Bd. 23
Eine heiße Spur wird verfolgt, die in einem waghalsigen Höllenabenteuer endet.
Best.-Nr. 4652 9,80/ÖS 79,–

Hans G. Franciskowsky
Verschwörung gegen Dennis
Der Junge vom Lotsenturm, Bd. 5
Dennis ist in einer fürchterlichen Klemme. Er soll ins Heim zurück.
Best.-Nr. 4562 9,80/ÖS 79,–

Klaus-Peter Wolf
Der Teufelsflitzer
Drei tolle Nullen, Bd. 7
Ollis Opa fährt ein Super-Auto, welches bei einem Speedway-Rennen die Zuschauer in Atem hält.
Best.-Nr. 4654 9,80/ÖS 79,–

A. M. Reinhard
Willi im Pech
Scherlock Schmidt & Co., Bd. 6
Klarer Fall von Unfallflucht. Die Spur führt auf den Schrottplatz. Best.-Nr. 4631 8,95/ÖS 69,–

Peter Weissflog
Wolly braucht Geld
Wolly Cosmopolly, Bd. 3
So hat sich Wolly sein Leben in Deutschland nicht vorgestellt. Er will frei sein.
Best.-Nr. 4563 9,80/ÖS 79,–

Peter Weissflog
Wolly bändigt den Löwen
Wolly Cosmopolly, Bd. 4
Wolly findet Unterschlupf bei einem Wanderzirkus.
Best.-Nr. 4564 9,80/ÖS 79,–

Manfred Böckl
Der Rappe mit der Elchschaufel
Isa und Gert haben im Krieg ihr Land verloren. Doch in ihren Pferden wird Trakehnen weiterleben.
Best.-Nr. 4471 19,80/ÖS 149,–

Lars Hesslind
Und sie geben nicht auf
Die 13jährige Jennifer Chin wird Zeugin eines dramatischen Kampfes um das Überleben der Nordsee. Best.-Nr. 4411 19,80/ÖS 149,–

Alfons Schweiggert
Typisch Lehrer –
Handbuch für Schul-Nervensägen
Witze, Cartoons, freche Sprüche und eine Menge Gehässigkeiten über Pauker und Penner.
Best.-Nr. 4568 9,80/ÖS 79,–

Gerhard Buchner
Kinderliederschatz
150 besonders beliebte Volkslieder zum Singen und Spielen mit Kindern.
Best.-Nr. 4723 9,80/ÖS 79,–

Marek Mann
Mein Poesiealbum
Best.-Nr. 4565 9,80/ÖS 79,–

ABENTEUER

ROMANE

KNAUTSCHBÜCHER

GESCHENKBÜCHER

KALENDER

SACHBÜCHER

MINI-GESCHENK-BÜCHER

Sybille Schneider
Pferdekalender 1993
Best.-Nr. 4625 9,80/ÖS 79,–

Heintschel & Co.
Schülerkalender 1993
Bewährt und begehrt – der neue Schneider-Schülerkalender, ein unentbehrlicher Begleiter. Best.-Nr. 4561 9,80/ÖS 79,–

Reinhold Reitberger
Rätsel- und Spaßkalender 1993
Fröhlich durch das Jahr, Gags und Tips für die kostbaren freien Stunden.
Best.-Nr. 4626 9,80/ÖS 79,–

Renate Navé (Hrsg.)
Mädchenkalender 1993
Best.-Nr. 4560 9 80/ÖS 79,–

Uta Over
Wendy-Kalender 1993
Best.-Nr. 4687 9,80/ÖS 79,–

Ulrich Vogel
Simpson-Kalender 1993
Best.-Nr. 4688 9,80/ÖS79,–

Walt Disney
Donald Duck-Kalender 1993
Der beliebte Kalenderspaß aus Entenhausen.
Best.-Nr. 4576 9,80/ÖS 79,–

Mary-Jane Wilkins
Licht, Luft und Wasser
Wissenswertes über die Elemente Licht, Luft und Wasser. Best.-Nr. 4533 16,80/ÖS 129,–

Michael Chinery
Tiere im Regenwald
Viel Erstaunliches über die Bewohner des Regenwaldes. Best.-Nr. 4635 16,80/ÖS 129,–

John Sidworthy
Aus unserer Pflanzenwelt
Wissenswertes über die Pflanzenwelt.
Best.-Nr. 4627 16,80/ÖS 129,–

Michael Chinery
Tiere der großen Meere
Viel Erstaunliches über die vielfältigen Meeresbewohner. Best.-Nr. 4636 16,80/ÖS 129,–

Rachel Wright
Piraten
Die spannende Geschichte der Piraten.
Best.-Nr. 4637 14,80/ÖS 119,–

Ruth Tomson
Indianer
Wie lebten die Prärie-Indianer? Best.-Nr. 4638 14,80/ÖS 119,–

Fred Pearce/Jan Winton
Die Erde soll weiterleben!
Was wir dafür tun können. Das Buch gibt Tips und Ratschläge.
Best.-Nr. 4599 19,80/ÖS 149,–

Mini Bücher
Zauberhafte kleine Bücher mit hübschen Illustrationen.
Insekten, Best.-Nr. 4579 **Wetter**, Best.-Nr. 4580
Fische, Best.-Nr. 4582 **Samen**, Best.-Nr. 4583
Vögel, Best.-Nr. 4584 **Blumen**, Best.-Nr. 4585
Blätter, Best.-Nr. 4586 **Wohnungen**, Best.-Nr. 4587
Tiere, Best.-Nr. 4588 **Farben**, Best.-Nr. 4589
Formen, Best.-Nr. 4590 **Zahlen**, Best.-Nr. 4591
Je Band 4,80/ÖS 39,–

Erhard Dietl
Der Witzexpreß
Hunderte von Witzen stellen die Lachmuskeln auf eine harte Probe. Best.-Nr. 4624 12,–/ÖS 95,–

Lise Gast
Pferdeglück
Zwei wunderschöne Pferderomane.
Best.-Nr. 4622 12,–/ÖS 95,–

Marie-Louise Fischer
Ulrike im Internat
Drei pfiffige Internatsgeschichten.
Best.-Nr. 4623 12,–/ÖS 95,–

Berte Bratt
Umwege zum Glück
Glück und Leid der ersten Liebe.
Best.-Nr. 4657 10,–/ÖS 79,–

Matthias Martin
Gejagt unter glühender Sonne
Abenteuer ohne Pause. Best.-Nr. 4719 10,–/ÖS 79,–

Caspari/Kolnberger/Pabel
Pferde im Frühling
Drei unvergeßlich schöne Pferdegeschichten.
Best.-Nr. 4682 10,–/ÖS 79,–

Fischer/Pfeiffer/Brückner
Träume einer Schülerin
Drei ungekürzte Titel zum Thema Schule.
Best.-Nr. 4658 10,–/ÖS 79,–

Almqvist/Gustavson
Mein Pony gibt's nur einmal
Pferde über alles. Best.-Nr. 4681 10,–/ÖS 79,–

Edda Bars/Evelyne Kolnberger
Zum Verwechseln ähnlich
Lustige Zwillingsgeschichten.
Best.-Nr. 4655 12,–/ÖS 95,–

Rainer M. Schröder
Schnüffelnasen auf der Lauer
Drei heiße Fälle für Kommissar Klicker
Spaß und Spannung für alle Spürnasen.
Best.-Nr. 4672 12,–/ÖS 95,–

Andrea Pabel
Die große Herde
Das Wildpferd aus den roten Bergen, Bd. 1 – 3
Alles über die wilden Pferde der sagenhaften roten Berge. Best.-Nr. 4476 12,–/ÖS 95,–

Wenn das Herz erwacht
Bekannte Autoren erzählen von Freundschaft und Liebe, vom Ende der Einsamkeit und vom Augenblick des Glücks.
Best.-Nr. 4656 19,80/ÖS 149,–

Stefan Wolf
- **Terror! Gold! Duell!**
  Drei spannende Einzelbände
  Best.-Nr. 4674 12,–/ÖS 95,–
- **Gift! Alarm! Wilddiebe!**
  Best.-Nr. 4676 12,–/ÖS 95,–
- **Gespenst! Vampir! Rauschgift!**
  Best.-Nr. 4675 12,–/ÖS 95,–

Spannende Fälle für die vier Spürnasen vom TKKG.
Je 12,–/ÖS 95,–

GESCHENKBÜCHER

TASCHENBÜCHER

JANUAR AKTION

Trotzdem waren Alice und Betty weiterhin eng befreundet geblieben.

Sie trafen sich jeden Morgen in der Klasse, machten Spaziergänge und Ausflüge zusammen – und heckten allerlei mutwillige und lustige Streiche aus.

Die Schülerinnen der vierten Klasse, die zum Nordturm gehörten, drängten nach der Morgenandacht eifrig in ihr Klassenzimmer. Sie wollten sich die Plätze auswählen, ihre Sachen aussuchen, aus dem Fenster schauen, die Tafel sauberwischen und all jene hundert Dinge erledigen, die sie schon so oft miteinander erledigt hatten.

Die Zwillinge warteten, bis die anderen ihre Plätze ausgesucht hatten.

„Wir sitzen natürlich zusammen", erklärte Conny und legte ihre und Ruths Bücher auf zwei Pulte nebeneinander. Die standen – o weh! – ganz vorn. Alle anderen waren natürlich zuerst besetzt worden, vor allem die in der hintersten Reihe. Nur dort war man wirklich sicher, wenn man sich etwas zuflüsterte oder sich Zettel zuschob.

Dolly überlegte, ob Felicitas wohl schon bei Frau Greiling gewesen war. Sie mußte sie danach fragen, wenn sie ihr in der großen Pause begegnete. Frau Greiling begrüßte alle Neuen gemeinsam. Was sie zu sagen hatte, machte immer großen Eindruck. Jede nahm sich dann vor, ihr Bestes zu tun. Dolly erinnerte sich noch genau, wie nachhaltig Frau Greilings Worte auf sie selbst gewirkt hatten.

„Wer wohl diesmal Klassensprecherin wird?" sagte Alice in ihre Gedanken hinein. „Jenny ist weg. Nun – ich werde es sicher nicht! Ich war es nie und glaube auch nicht, daß ich es je werde. Frau Greiling traut mir nicht!"

„Ich denke, Susanne wird es", meinte Dolly. „Sie war ja schon früher einmal unsere Klassensprecherin – und eine recht gute. Obwohl du nicht mit ihr einverstanden warst, soweit ich mich erinnere."

„Nein, das war ich wirklich nicht", sagte Alice ehrlich. „Ich hatte gehofft, *ich* würde das Amt bekommen. Aber solche albernen Gedanken bin ich jetzt los — ich kümmere mich nicht mehr drum."

Das war zum Teil Prahlerei, doch zu einem kleinen Teil Wahrheit. Sie kümmerte sich wirklich nicht sehr darum. Ihr war immer alles so leichtgefallen, daß sie sich niemals um etwas hatte bemühen müssen.

Müßte sie für den Unterricht einmal so sehr arbeiten wie ich, überlegte Dolly, dann würde sie sich schon anstrengen. Man schätzt nur, wofür man schwer arbeiten muß. Alice nimmt alles zu leicht.

Evelyn hatte einen Platz in der vordersten Reihe gewählt. Alle waren darüber aufs höchste erstaunt. Alice betrachtete sie verwundert. Ob sie sich bei Fräulein Wagner einschmeicheln wollte? Nein, das brachte niemand in der Welt fertig. Fräulein Wagner würde einfach keine Notiz davon nehmen. Was war dann der Grund für Evelyns merkwürdige Platzwahl?

„Aber natürlich — klar!" rief Alice plötzlich, und alle sahen erstaunt zu ihr hin.

„Natürlich was?" fragte Betty.

„Ich habe gerade nachgedacht, warum unsere liebe Evelyn diesen Platz vorn gewählt hat", sagte Alice boshaft. „Zuerst vermutete ich, sie hätte den Verstand verloren, aber jetzt weiß ich, warum!"

Evelyn sah sie finster an. Sie fürchtete Alices scharfe Zunge und hielt es für möglich, daß Alice den richtigen Grund erraten hatte.

Doch Alice klärte die Klasse noch nicht darüber auf. Sie lächelte Evelyn spöttisch an und sagte: „Liebe Evelyn, wenn ich nicht irre, hast du einen höchst *edlen* Grund für deine Wahl, nicht?"

Niemand verstand, was sie meinte, nicht einmal Betty. Nur Evelyn begriff es und sah sich durchschaut: Sie hatte den Platz vorn ausgesucht, weil sie wußte, daß Clarissa Edle von und zu Hartenstein dort ebenfalls sitzen würde!

Sie wurde rot, sagte aber nichts und beschäftigte sich mit ihren Büchern. In diesem Augenblick kam Fräulein Wagner und Evelyn stürzte vor, um ihr die Tür aufzuhalten.

Am ersten Schultag gab es noch keinen richtigen Unterricht, es wurden nur Aufgaben gestellt — hauptsächlich um die Leistungen der Neuen zu prüfen. Mit viel Stöhnen wurden die Arbeitspläne festgelegt.

Irene geriet dann immer in Verzweiflung. So gut und ordentlich sie in Mathematik und Musik war, so unfähig war sie, nach dem allgemeinen Klassen-Stundenplan ihren eigenen Arbeitsplan aufzustellen.

Gewöhnlich endete es damit, daß Britta es für sie tat. Aber weil Britta auch nicht viel ordentlicher war, kam Irene ständig mit ihrem Arbeitsplan durcheinander: Sie erschien zur falschen Zeit im falschen Klassenzimmer, wartete im Handarbeitsraum auf die Mathematikstunde oder vermutete eine Handarbeitsstunde im Chemiesaal. Sämtliche Lehrerinnen hatten es längst aufgegeben, von Irene oder Britta Ordnung zu erwarten.

Sobald es sich nämlich um Dinge des normalen, täglichen Lebens handelte, verwandelten sich Irene mit ihrer großen musikalischen Begabung und Britta mit ihrem ebenso glänzenden Zeichentalent in Vierjährige! Es konnte Irene durchaus passieren, daß sie zum Frühstück ohne Strümpfe erschien. Und Britta verlor auf unerklärliche Weise alle Augenblicke eines ihrer Schulbücher. Die Mitschülerinnen aber liebten die beiden wegen ihrer komischen Art und bewunderten sie wegen ihrer Begabung.

An diesem ersten Vormittag waren alle mit irgend etwas beschäftigt. Dolly stellte sich eine Liste der Klassenämter zusammen — Blumen gießen, Tafel abwischen, die Schreibsachen herausgeben und so weiter. Das mußten immer zwei aus der Klasse abwechselnd eine Woche lang übernehmen.

Kurz vor der Pause ließ Fräulein Wagner die Pulte aufräumen. „Ich muß euch etwas mitteilen", sagte sie. „Es dauert nur zwei Minuten, aber ich bin sicher, daß ihr es alle gern wissen wollt."

„Sie wird uns sagen, wer dieses Mal die Klassensprecherin sein soll", flüsterte Susanne Dolly zu. „Sieh bloß Evelyn an! Sie glaubt wahrhaftig, sie könnte es werden!"

Das stimmte. Evelyn hoffte jedesmal, sie würde zur Sprecherin gewählt, und bildete sich sogar ein, eine sehr gute abzugeben.

„Wir müssen eine neue Klassensprecherin haben", begann Fräulein Wagner. Sie hielt inne und sah die aufhorchende Klasse an. „Ich habe mit Frau Greiling, mit Fräulein Pott sowie mit Mademoiselle Dupont und Mademoiselle Rougier darüber gesprochen. Wir haben einstimmig beschlossen, dieses Amt *Dolly Rieder* zu übertragen."

Dolly wurde vor Freude rot, und ihr Herz schlug schneller.

Die anderen klatschten und jubelten, sogar Evelyn, die insgeheim immer fürchtete, daß eines Tages Alice gewählt werden könnte!

„Ich bin sicher, Dolly, daß die Wahl zu Recht auf dich gefallen ist", sagte Fräulein Wagner. Sie lächelte Dolly freundlich an. „Und ich glaube, wir werden unsere Wahl keinen Augenblick bereuen müssen."

Dolly war überglücklich. Sprecherin der vierten Klasse! Wenn sie das doch gleich ihren Eltern berichten könnte! Sie hatte immer gewünscht, einmal ein solches Amt zu bekommen. Zum ersten Mal hatte sie nun die Chance, und sie wollte die allerbeste Sprecherin werden, die die Klasse je gehabt hatte!

Was würde Felicitas sagen? Für sie mußte es doch großartig sein, wenn sie überall erzählen konnte: „Meine Schwester ist die Sprecherin der Vierten!"

In der Pause stürzte Dolly los, um Felicitas zu suchen. Aber wieder war sie verschwunden. Das war rein zum Verrücktwerden! Dolly hatte nur ein paar Minuten Zeit. Sie rannte überall herum und fand Felicitas dann endlich im Hof – mit Irmgard.

Dolly stürzte auf sie zu. „Felicitas! Ich muß dir etwas Schönes erzählen – ich bin zur Klassensprecherin gewählt worden!"

„O Dolly, wie fein!" rief Felicitas. „Ich freue mich mit dir. Und Dolly, ich muß dir auch etwas erzählen – ich war heute früh bei Frau Greiling, und sie hat zu mir und den anderen Neuen genau das gleiche gesagt wie damals zu dir, als du herkamst. Sie war großartig!"

Dolly dachte an ihren eigenen ersten Morgen in Möwenfels – wie sie zusammen mit den anderen neuen Schülerinnen in dem freundlichen Zimmer vor Frau Greiling gestanden und ihren Worten gelauscht hatte.

„Eines Tages werdet ihr die Schule verlassen und in das Leben hinausgehen", hatte die Direktorin gesagt. „Dann sollt ihr einen hellen Verstand und ein freundliches Herz mit euch nehmen. Ihr sollt euch als Menschen erweisen, die man liebt und denen man vertraut. Alles das werdet ihr in Möwenfels lernen können – vorausgesetzt, daß ihr es wollt. Ich halte es nicht für das Wichtigste, daß ihr Wissen erlangt und das Examen besteht, obwohl das gut ist. Unser Stolz sind die Schülerinnen, die gelernt haben, freundlich und hilfsbereit zu sein und feinfühlige Menschen zu werden, auf die in jeder Beziehung Verlaß ist."

An diese Sätze erinnerte sich Dolly noch recht gut, und sie war sehr froh, daß sie nun allem Anschein nach zu jenen Schülerinnen gezählt wurde, auf die Möwenfels stolz war – denn hatte man sie nicht soeben zur Klassensprecherin der Vierten gewählt? Gerade für diesen Jahrgang, in dem die Prüfungen abgelegt werden mußten!

„Ja, Frau Greiling ist großartig", sagte sie zu Felicitas.

„Und du bist es auch!" erklärte Felicitas. „Ich bin stolz darauf, eine Klassensprecherin zur Schwester zu haben!"

Clarissa

Evelyn wartete sehnlich auf das Eintreffen der letzten Mitschülerin, Clarissa. Sie war die einzige in der Klasse, die keine besondere Freundin hatte. Evelyn war schrecklich unsportlich. Sie haßte alles, was mit Bewegung im Freien verbunden war, und war mehr als wasserscheu.

Diana und Marlies schwammen ebenfalls nicht gern, aber sie liebten dafür Tennis und Wandern. Reiten mochten sie allerdings auch nicht, weil sie vor den Pferden Angst hatten. Will spottete über Diana, Marlies und Evelyn, weil sie Donner nicht einmal ein Stück Zucker reichen wollten. Sie, Dolly und die Zwillinge ritten zweimal in der Woche aus, begleitet von Fräulein Peters, die die dritte Klasse leitete.

Die Mädchen aus der Vierten im Nordturm gesellten sich sehr gut zu Paaren — alle, außer Evelyn. Susanne ging natürlich immer mit Dolly. Irene und Britta waren unzertrennlich. Alice hatte als einzige eine Freundin außerhalb des Nordturmes; sie und Betty hielten zusammen wie Pech und Schwefel. Diana und Marlies waren ebenfalls enge Freundinnen, und oft schloß sich ihnen noch Margot an.

Evelyn war tatsächlich die einzige, die keine Freundin hatte. Vielleicht gab es jetzt eine Änderung für sie, wenn Clarissa kam. Wie würde sich ihre Mama freuen, wenn sie eine so vornehme Freundin fand!

Evelyn ging in Gedanken all die Freundschaften durch, die sie zu schließen versucht hatte. Da war Marlies — die dumme kleine Marlies! Dann Diana — die eine Zeitlang sehr nett zu ihr getan und dann plötzlich mit Marlies Freundschaft geschlossen hatte. Dann Margot — die zukünftige

Opernsängerin mit der wundervollen Stimme. Ein so außergewöhnlich begabtes Mädchen hätte Evelyn gern zur Freundin gewählt. Aber Margot wurde dann krank und verlor ihre Stimme. Da wollte Evelyn nichts mehr von ihr wissen. Und schließlich Marilyn – eine Amerikanerin, die jetzt wieder weg war. Aber sie hatte für Evelyn keine Zeit gehabt.

An all diese Fehlschläge dachte Evelyn. Nicht einen Augenblick kam es ihr in den Sinn, daß es ganz allein ihre eigene Schuld war, wenn sie keine richtige Freundin fand. Wenn sie doch nur endlich, endlich eine Freundin fände, eine, die genau wie sie vor Möwenfels noch nie in einer Schule gewesen war, sondern eine Hauslehrerin gehabt hatte; eine, die nicht gern Sport trieb; und vor allem: eine mit reichen Eltern, die sie für die Ferien einladen würde!

So wartete Evelyn voll Hoffnung auf Clarissas Ankunft. Sie stellte sich ein schönes Mädchen mit hübschen Kleidern vor, das in einem prachtvollen Auto ankam. Und sie malte sich aus, wie sie ihrer Mutter und Fräulein Winter, ihrer früheren Lehrerin, bei einem Besuch auf Möwenfels Clarissa vorstellte: „Mutter, dies ist Clarissa Edle von und zu Hartenstein, meine beste Freundin!"

Evelyn saß mit den anderen beim Nachmittagskakao, als die Direktorin mit einem fremden Mädchen hereinkam.

Ohne großes Interesse sah Evelyn auf. Die Neue war schmächtig und unscheinbar – vielleicht aus der dritten Klasse. Sie hatte eine Brille mit dicken Gläsern auf und trug eine häßliche Zahnspange. Nur ihr Haar war schön, dick und wellig und von einem wunderbaren Kastanienbraun.

Die Neue schien sehr aufgeregt und ängstlich zu sein. Dolly bemerkte es und bedauerte sie. Als sie das erste Mal hierhergekommen war und die vielen unbekannten Mädchen sah, hatte sie auch beinahe gezittert.

Zu Dollys Überrachung brachte Frau Greiling das Mädchen an den Tisch der vierten Klasse. Mademoiselle Dupont saß am oberen Ende.

„Ach, Mademoiselle", sagte Frau Greiling, „das hier ist Clarissa von Hartenstein, die letzte Neue für die vierte Klasse. Kann sie sich noch mit an den Tisch setzen und Kakao bekommen?"

Evelyn ließ vor Überraschung beinahe ihr Brötchen fallen. Fast hätte sie ihre Gelegenheit verpaßt! Konnte dieses häßliche kleine Mädchen tatsächlich Clarissa sein? Sie *war* es!

Neben ihr war ein Platz frei, und sie stand mit solcher Eile auf, daß Dianas Tasse wackelte. „Clarissa kann neben mir sitzen", sagte sie.

Allzu froh, daß sie sich setzen und verstecken konnte, sank Clarissa auf den Platz neben Evelyn.

Evelyn gab sich zuckersüß. Sie beugte sich zu Clarissa und lächelte sie freundlich an. „Willkommen in Möwenfels! Du wirst sicher müde und hungrig sein. Hier hast du ein Brötchen."

„Ich glaube, ich kann gar nichts essen", sagte Clarissa, die vor Aufregung halb krank war. „Aber ich danke dir sehr."

„Du *mußt* etwas essen!" rief Evelyn und nahm ein Brötchen vom Teller. „Möchtest du Aprikosenmarmelade? Die schmeckt wunderbar."

Clarissa wagte keinen Widerspruch. Sie hockte auf ihrem Stuhl, als wolle sie sich so klein und unauffällig wie möglich machen.

Evelyn schnatterte weiter — im Glauben, daß es den andern wer weiß wie nett und reizend erschien, wie sie dem aufgeregten Mädchen zusprach. Doch nur Mademoiselle ließ sich täuschen.

Diese liebe, freundliche Evelyn! dachte sie. Sie ist in Französisch zwar strohdumm, aber wie liebenswürdig benimmt sie sich zu dem armen, einfachen Mädchen, das vor Aufregung förmlich zittert!

„Sich anschmieren", nannten die andern am Tisch dieses Getue. Sie selbst sprachen nicht auf Clarissa ein, denn sie merkten, daß Evelyn für die Neue schon Plage genug war.

Marlies fand, daß Clarissa nett aussah, trotz ihrer dicken Brillengläser und der Zahnspange. Aber Marlies fand alle nett, die genauso schüchtern waren wie sie selbst — vor denen brauchte sie sich nicht zu fürchten.

Nach dem Essen sprach Mademoiselle mit Dolly. „Du wirst dich um Clarissa kümmern, *n'est-ce pas* — nicht wahr? Sie wird sich zuerst fremd fühlen, die arme Kleine!"

„Mademoiselle, es tut mir furchtbar leid, aber ich muß zu einem Treffen aller Klassensprecherinnen", sagte Dolly. „In fünf Minuten muß ich dort sein. Vielleicht Susanne . . . oder Britta . . . oder . . ."

„*Ich* werde mich um sie kümmern", sagte Evelyn schnell. Ihr war es nur recht, daß Dolly eine Verabredung hatte. „Ich führe sie herum. Es macht mir Freude."

Sie lächelte Clarissa so strahlend an, daß es den anderen beinahe übel wurde, und hakte sich bei ihr ein. „Komm mit", sagte sie in einem Ton, wie man mit einem ganz kleinen Kind redet. „Wo hast du dein Nachtzeug? Ich zeige dir den Schlafsaal. Du hast eines der besten Betten."

Sie zog mit Clarissa davon, und alle schnitten Grimassen und lachten hinter ihnen her.

„In solchen Szenen zeigt unsere Evelyn viel Energie", sagte Alice. „Was für eine gräßliche Angeberin sie ist! Ehrlich gesagt, ich glaube nicht, daß sie sich auch nur etwas gebessert hat, seit sie nach Möwenfels kam."

„Du hast sicher recht", meinte Dolly nachdenklich. „Es ist wirklich merkwürdig. Ich hätte geglaubt, daß sich hier jede schon nach kurzer Zeit ein wenig bessern müßte. Doch Evelyn, obwohl nun seit Jahren hier, ist die gleiche faule, verschlagene und niederträchtige Schmeichlerin geblieben."

„Inwiefern hast *du* dich denn gebessert?" neckte Alice.

„Auf jeden Fall habe ich meinen Jähzorn bezwungen", erklärte Dolly. „Seit ewigen Zeiten bin ich nicht mehr in Wut geraten. Ihr wißt, daß das stimmt. Das hat Möwenfels bei mir fertiggebracht!"

„Prahle nicht so vorschnell damit", sagte Alice lachend. „Ich habe kürzlich in deinen Augen ein Funkeln gesehen — na, du, das konnte einem zu denken geben!"

Dolly war drauf und dran, es kräftig abzustreiten, aber dann hielt sie inne und wurde rot. Sie wußte plötzlich, wann ihre Augen „gefunkelt" hatten, nämlich als sie mit dieser schrecklichen Irmgard sprach. Aber solange sie ihre Beherrschung nicht verlor — und sie war sicher, daß dies nicht eintreten würde —, war gewiß noch nichts Unrechtes daran!

„Ich werde *dich* mal gleich anfunkeln, Alice", sagte sie lachend. „Als Klassensprecherin kann ich mir das erlauben. Also nimm dich mit deinen Worten in acht!"

Ein unfreiwilliges Bad

Die vierte Klasse nahm ihre Arbeit auf. Fräulein Wagner war eine hervorragende Lehrerin und wollte unbedingt erreichen, daß alle ihre Schülerinnen bei den Prüfungen gut abschlossen.

Als das Wetter immer sonniger wurde, begannen die Mädchen zu murren, weil sie so viel arbeiten mußten.

„Immer wenn es draußen schön ist", sagte Alice, „und wir zum Schwimmbad gehen wollen oder auf den Sportplatz oder in den Garten, dann sollen wir hier drinnen über unseren Büchern hocken! Wißt ihr was? Nach dem Nachmittagskakao nehme ich heute meine Aufgaben einfach mit hinaus ins Freie. Fräulein Wagner wird schon nichts dagegen haben."

Und überraschenderweise war Fräulein Wagner ohne weiteres damit einverstanden. Sie wußte, bei den meisten aus der Klasse konnte sie sich darauf verlassen, daß sie tatsächlich arbeiteten. Sie glaubte auch, daß Dolly als Klassensprecherin genug Einfluß auf sie hatte.

So gingen sie nach dem Kakao hinaus und nahmen sich Kissen mit, auf denen sie in der Abendsonne sitzen wollten.

Nur Evelyn hatte keine Lust, mitzugehen.

„Du scheinst wirklich etwas gegen frische Luft zu haben", sagte Dolly.

„Laß bitte deine Anzüglichkeiten!" sagte Evelyn mit erhobener Stimme. „Du bist genauso wie Alice — von der jedermann weiß, daß sie keine Erziehung hat."

Überrascht sah Clarissa, die neben ihr stand, sie an. Evelyn hatte sich zu ihr immer so nett und überaus freundlich gezeigt, daß es ein richtiger Schock für sie war, eine solche Bemerkung von ihr zu hören.

Evelyn hatte den erstaunten Blick wahrgenommen und hakte sich schnell bei Clarissa ein. „Wenn *du* deine Arbeiten mit hinausnimmst, gehe ich selbstverständlich mit", sagte sie. „Aber laß uns im Schatten bleiben. Ich möchte keine Sommersprossen bekommen."

Betty sah Alice im Blumengarten sitzen und ging zu ihr hin. Dolly runzelte die Stirn. Nun gab es bestimmt dummes Zeug und Gekicher, und die Arbeit wurde nicht getan. Rita und Irene hörten sofort den Späßen zu, die Betty zum besten gab, und Irene brach in schallendes Gelächter aus. Alle sahen erschrocken hinüber.

„Das ist einfach großartig!" schrie Irene. „Los, Betty, erzähl es auch den anderen!"

Dolly sah auf. Sie war die Klassensprecherin, und sie mußte Schluß machen mit dem Unsinn, das wuße sie.

„Betty, bitte hör auf zu schwatzen!" sagte sie. „Alice, du weißt sehr genau, daß wir unsere Aufgaben machen sollen!"

„Sprich nicht so zu mir, als wenn du eines der Babys aus der ersten Klasse vor dir hättest!" gab Alice beleidigt zurück.

„Nun, wenn du dich wie eines beträgst, dann rede ich auch so mit dir", erwiderte Dolly.

„Jetzt hat sie wieder ihr gefährliches Funkeln in den Augen, seht ihr?" sagte Irene kichernd.

Alle sahen zu Dolly hin und grinsten.

„Stimmt ja gar nicht", sagte Dolly. „Redet euch nichts ein."

„Ich funkele, du funkelst, er funkelt, sie funkelt", trällerte Betty. „Wir funkeln, ihr . . ."

„Hör auf, Betty, und geh weg!" Dolly wurde allmählich wütend. „Du gehörst nicht zu unserer Arbeitsgruppe. Geh hinein und arbeite mit deiner eigenen Gruppe."

„Ich bin dort längst fertig, Fräulein Aufpasser!" sagte Betty. „Aber vielleicht kann ich Ihnen bei Ihren Aufgaben helfen?"

Entsetzt spürte Dolly, wie der alte Jähzorn in ihr hochstieg, den sie so gut kannte. Sie ballte die Fäuste.

„Hast du nicht gehört, was ich gesagt habe, Betty?" Ihr Ton wurde immer schärfer. „Hau ab, oder ich lasse unsere ganze Gruppe wieder hineingehen!"

Betty hatte jetzt ebenfalls ein wütendes Gesicht, doch Alice nickte ihr beschwichtigend zu.

„Geh lieber", sagte sie. „Sie kocht schon. Wir treffen uns nachher, wenn wir mit den Aufgaben fertig sind."

Pfeifend ging Betty fort. Dolly beugte sich mit rotem Kopf über ihr Buch. War sie wirklich zu heftig gewesen?

Nun sagte niemand mehr etwas, und die Aufgaben wurden friedlich weitergemacht, ab und zu von Irenes Stöhnen und von Evelyns tiefen Seufzern begleitet. Clarissa saß neben Evelyn und arbeitete langsam. Evelyn schrieb ab, was sie konnte. Diese Angewohnheit war ihr anscheinend einfach nicht auszutreiben.

Nach einer Stunde kam Fräulein Wagner in den Garten. Es erfreute sie zu sehen, wie fleißig ihre Klasse arbeitete.

„Die Zeit ist um", sagte sie. „Und ich soll euch von der Sportlehrerin etwas bestellen. Unten im Schwimmbecken ist es gerade recht zum Baden. Darum dürft ihr jetzt alle für eine halbe Stunde hinuntergehen."

„Hurra!“ rief Irene und warf vor lauter Freude ihr Buch in die Luft.

Es fiel in den Goldfischteich und mußte eiligst wieder herausgeholt werden!

„Dummkopf!“ sagte Britta, die beinahe selbst hineinfiel, als sie versuchte, das Buch zu fischen. „Du hast vermutlich gedacht, daß es *dein* Geschichtsbuch ist, das du da ertränken wolltest. Aber das ist es nicht; es ist meins!“

„Müssen wir alle gehen?“ fragte Evelyn Fräulein Wagner. „Ich habe so angestrengt gearbeitet. Jetzt ist mir gar nicht nach Schwimmen zumute.“

„Sag mal, kannst du denn inzwischen überhaupt schon schwimmen, Evelyn?“ sagte Fräulein Wagner überrascht. Jeder wußte, daß Evelyn im Wasser stets nur ein paar Stöße schaffte und dann mit einem Schrei unterging.

„Wir müssen doch nicht alle gehen, nicht wahr?“ fragte auch Marlies, die wohl schwimmen konnte, aber das Wasser trotzdem immer noch nicht liebte.

Diana schwamm ebenfalls nicht gern, und auch sie bat um die Erlaubnis, zurückbleiben zu dürfen.

„Ihr geht alle“, sagte Fräulein Wagner. „Ihr habt tüchtig gearbeitet, und diese kleine Unterbrechung kann euch nur guttun! Geht sofort und zieht euch um.“

Begeistert von dem Gedanken an ein unerwartetes Bad am Abend stürzten Dolly, Susanne und Alice in den Umkleideraum.

Dolly hatte ihren Streit mit Alice vergessen, aber Alice keineswegs. Deshalb benahm sie sich recht kühl gegen Dolly, die allerdings — zu Alices Bedauern — nichts davon wahrzunehmen schien.

Die anderen folgten, plaudernd und lachend. Am Schluß kam dann eine betrübte Gruppe: Evelyn, Diana und Marlies. Clarissa ging mit, um zuzuschauen. Sie durfte weder schwimmen noch sonstwie Sport treiben, weil sie ein schwaches Herz hatte.

„Du Glückliche!“ erklärte Evelyn, während sie in ihren Badeanzug schlüpfte. „Kein Schwimmen, kein Tennis, kein Handball — ich wollte, ich hätte auch ein schwaches Herz.“

„Wie kannst du nur so etwas sagen!“ rief Dolly erschrokken. „Es ist doch einfach schrecklich, wenn man sich immer in acht nehmen und ständig denken muß: Dies darf ich nicht und jenes darf ich nicht.“

„Ja, es ist wirklich schrecklich“, sagte Clarissa mit ihrer leisen, schönen Stimme. „Nur wegen meines Herzens wurde ich zu Haus unterrichtet — sonst wäre ich wie jedes andere Mädchen in die Schule gegangen. Jetzt geht es mir viel besser, und deshalb durfte ich nun herkommen.“

Für Clarissa war das eine recht lange Rede. Gewöhnlich blieb sie stumm. Sie wurde auch rot beim Sprechen, und als sie fertig war, senkte sie die Augen und versuchte, sich hinter Evelyn zu verstecken.

„Arme liebe Clarissa“, sagte Evelyn mitleidig. „Du darfst nicht zuviel arbeiten, weißt du. Merkst du denn, wenn du dir zuviel zumutest?“

„O ja. Dann beginnt mein Herz zu flattern — als wenn ein Vogel dort säße und mit den Flügeln schlüge“, sagte Clarissa. „Es ist fürchterlich.“

„Wahrhaftig?“ Evelyn hängte sich ihr Badetuch um. „Aber weißt du, Clarissa, ich würde mich gar nicht wundern, wenn ich auch ein schwaches Herz hätte, wovon niemand etwas weiß. Wenn ich versuche, länger zu schwimmen, dann bekomme ich eine fürchterliche Angst — und nach jeder Partie Tennis arbeitet mein Herz wie ein Kolben.“

„Wie nett zu hören, daß du überhaupt ein Herz hast“, bemerkte Alice mit ihrer freundlichsten Stimme. „Wo sitzt es eigentlich?“

Evelyn warf den Kopf herum und ging mit Clarissa weg. „Ein Biest, nicht wahr?“ hörten die anderen sie sagen. „Ich kann sie einfach nicht ertragen. In Wahrheit mag niemand sie leiden.“

Alice kicherte. „Ich möchte wirklich wissen, was für Gift Evelyn sonst noch alles in Clarissas arme Ohren träufelt", sagte sie. „Wir dürfen eigentlich nicht erlauben, daß Evelyn so ganz von ihr Besitz ergreift. Du solltest da etwas unternehmen, Dolly."

Dolly war von dieser direkten Aufforderung nicht entzückt. Sie begriff sofort, daß Alice recht hatte — sie hätte sicherlich etwas unternehmen müssen, damit Evelyn die schwächliche kleine Clarissa nicht so völlig für sich beanspruchte. Dadurch bekam sie gerade in ihrer ersten Schulzeit viele falsche Vorstellungen — und es würde schwierig sein, das später zu korrigieren!

„In Ordnung", sagte sie. „Aber laßt mir Zeit. Clarissa ist ja erst kurze Zeit hier."

Im Bad unten ging es lustig zu. Die guten Schwimmerinnen schwammen natürlich um die Wette. Marlies hüpfte an der seichten Stelle auf und ab und machte hin und wieder sogar einige Schwimmstöße. Diana war auch im Wasser und bibberte wie gewöhnlich, hopste aber neben Marlies her in der Hoffnung, daß Dolly nicht verlangte, sie sollte am Wettschwimmen teilnehmen. Margot schwamm langsam, denn sie mußte sich noch vorsehen, daß sie sich nicht übernahm, weil sie ja so lange krank gewesen war.

Nur Evelyn stand noch bibbernd am Rand. Alice, Susanne und Dolly wollten sie gern hineinziehen, aber andererseits hatten sie keine Lust, aus dem Wasser hinauszugehen.

„Wenn Evelyn nicht bald hereinkommt, dann überhaupt nicht mehr", sagte Alice. „Befiehl es ihr doch, Dolly! Los, laß deine Augen funkeln und erteile ein paar von deinen Befehlen!"

Aber nicht einmal Dollys Rufe konnten Evelyn dazu bringen, mehr zu tun, als die Zehen ins Wasser zu stippen. Sie hatte in der heißen Sonne gesessen und empfand das Wasser jetzt als eisig kalt. „Oooh!"

Platsch – Evelyn landete im Wasser!

Clarissa wollte zu ihr treten. Doch sie rutschte auf dem glitschigen Beckenrand aus und fiel gegen Evelyn.

Platsch – mit schrillem Schreckensschrei landete Evelyn im Wasser! Die anderen bogen und krümmten sich vor Lachen.

„Seht bloß Clarissas Gesicht!" sagte Dolly. „Sie ist schier zu Tode erschrocken!"

„Wer war das?" brüllte Evelyn, als sie, prustend und Wasser spuckend, auftauchte. „Ihr seid gemein – ihr alle!"

Als Evelyn hörte, daß Clarissa sie ins Wasser gestoßen hatte, wollte sie es nicht glauben. Sie ging hinüber zu Clarissa, die wie um Verzeihung bittend dastand.

„Wer hat mich hineingestoßen, Clarissa?" fragte sie. „Diese Dummköpfe behaupten, du wärst es gewesen. Als ob du jemals so etwas tun würdest!"

„Ach, Evelyn, es tut mir furchtbar leid, aber ich war es wirklich", antwortete Clarissa ganz betrübt. „Ich rutschte aus und stieß gegen dich – und da fielst du hinein. Natürlich habe ich es nicht mit Absicht getan."

„Ach, dann ist schon alles in Ordnung", sagte Evelyn, die sich freute, daß Clarissa so reumütig war.

Clarissa entschuldigte sich immer wieder, und das war Balsam für Evelyn. Es gefiel ihr, daß die vornehme Clarissa sie so demütig um Verzeihung bat. Sie beschloß, edel und großmütig zu sein. Dann würde Clarissa wohl mehr denn je merken, was für eine nette Freundin Evelyn war.

Aber die anderen machten diese Hoffnung zunichte. Sie kamen wieder heran und riefen: „Bravo, Clarissa!" — „Köstlich, wie du sie ins Wasser geschubst hast!" — „Mach's doch noch mal!"

„Aber ich hab es doch gar nicht getan!" protestierte Clarissa immer wieder. „Das wißt ihr genau!"

„Niemals in meinem Leben hab ich einen solchen Meisterstoß gesehen", sagte Alice.

Dadurch wurde Evelyn langsam unsicher, ob Clarissa sie nicht doch mit Absicht hineingestoßen hatte. Zu allem Unglück bemerkte Clarissa plötzlich die komische Seite der Ausrufe und begann, hilflos zu lachen. Da wurde Evelyn wirklich böse und benahm sich so beleidigt zu Clarissa, daß diese ganz beunruhigt anfing, sich von neuem zu entschuldigen.

Warum immer nur Conny?

„Sie doch mal die Zwillinge!" sagte Alice zu Susanne.

Susanne sah hinüber und mußte lachen. Conny rieb Ruth sorgfältig trocken, und Ruth hielt geduldig still, bis ihre Schwester fertig war.

„Warum läßt Conny sie das nicht allein machen?" fragte Susanne. „Conny tut immer so, als ob Ruth das gar nicht könnte. Sie beherrscht sie einfach zu sehr."

„Dabei ist sie im Unterricht nicht halb so gut wie Ruth", sagte Alice. „Ruth hilft ihr jeden Abend, sonst würde sie nie mit der Arbeit fertig. Hinter Ruth ist sie weit zurück."

„Und doch beherrscht sie sie die ganze Zeit über", schaltete sich Dolly ein. „Ich mag das gar nicht mehr mit ansehen — und auch nicht, wie Ruth sich fügt."

„Rede doch mal mit ihr", sagte Alice sofort. „Als Klassensprecherin, verstehst du?"

Dolly biß sich auf die Lippe. Warum stichelte Alice dauernd so an ihr herum? Vielleicht war sie ein bißchen neidisch. Alice wußte, daß sie selbst niemals eine gute Klassensprecherin abgeben würde, und beneidete diejenigen, die es waren; sie versuchte, ihnen das Amt schwer zu machen. Sie, Dolly, sollte einfach keine Notiz davon nehmen. Trotzdem ärgerte sie sich.

„Du hast jetzt eine Menge Pflichten, nicht wahr?" fuhr Alice fort, während sie sich trockenrieb. „Du mußt auf die kleine Felicitas aufpassen; mußt sehen, daß Clarissa nicht zu viel Gift von unserer lieben Evelyn eingeträufelt bekommt; mußt versuchen, Ruth ein bißchen aufzuputschen, daß sie für sich selbst einsteht; und mußt Betty wegjagen, wenn sie uns bei den Arbeiten stört."

Dolly merkte, wie es wieder in ihr zu kochen begann.

Da legte sich eine kühle Hand auf ihre Schulter, und sie hörte Susannes ruhige Sitmme: „Alles zur rechten Zeit! Es ist doch schade, wenn man die Dinge zu schnell vorantreibt und sie dadurch zerstört. Du kannst nicht alles auf einmal in Ordnung bringen."

Dolly seufzte tief und erleichtert auf. Sie selbst hätte das sagen sollen — ruhig und freundlich! Welch Glück, daß Susanne es an ihrer Statt gesagt hatte.

Dankbar lächelte sie Susanne an. Dabei beschloß sie, ein wenig mehr auf Felicitas zu achten und zu versuchen, sie von der unangenehmen Irmgard wegzuziehen. Außerdem nahm sie sich vor, eine von den anderen mit Clarissa zusammenzubringen, damit Evelyns Einfluß ausgeschaltet wurde, und sie wollte auch ein paar ruhige Worte mit Ruth wechseln und ihr dabei sagen, daß sie sich nicht von Conny wie ein Baby behandeln lassen durfte.

Wahrhaftig, überlegte Dolly, es ist ganz merkwürdig – wann auch immer eine von uns Ruth anspricht, stets antwortet Conny!

Tatsächlich antwortete Ruth kaum jemals selbst. Mochte Alice zu ihr sagen: „Ruth, kannst du mir mal einen Augenblick dein französisches Wörterbuch leihen?", dann war es bestimmt Conny, die antwortete: „Ja, bitte, hier ist es!"

Oder Susanne mochte sagen: „Ruth, du brauchst ein neues Lineal; deines ist zerbrochen", so antwortete Conny: „Danke, Susanne, sie kann meines benutzen."

Es war auch ärgerlich, daß Conny immer ein bißchen vor Ruth herging und stets für alles eine Erklärung bereit hatte, bevor ihr Zwilling nur ein Wort herausbrachte, selbst wenn überhaupt keine Antwort notwendig war. Hatte Ruth wirklich kein Eigenleben – war sie nur das schwache Echo ihrer stärkeren Zwillingsschwester?

Es war ein Rätsel. Dolly nahm sich vor, morgen mit Ruth zu sprechen. Eine gute Gelegenheit dazu bot sich, als sie beide im Schreibzimmer ihre Malkästen auswuschen.

„Wie gefällt es dir in Möwenfels, Ruth?" fragte Dolly und überlegte, ob Ruth überhaupt in der Lage wäre zu antworten, wenn Conny nicht dabei war!

„Recht gut", sagte Ruth.

„Ich hoffe, du bist hier glücklich", sagte Dolly und zerbrach sich den Kopf, wie sie *das* sagen könnte, was sie wirklich sagen wollte.

Es entstand eine Pause, bevor Ruth höflich antwortete: „O ja, danke."

Sehr glücklich klang es nicht gerade, dachte Dolly. Warum wohl nicht? Im Unterricht kam Ruth durchaus mit, sie war im Sport gut, sie hatte auch nichts Unangenehmes an sich...

„Ach", sagte Dolly stotternd und überlegte dabei verzweifelt, daß Susanne eine solche Geschichte viel besser erledigen konnte als sie, „ach ... wir meinen, daß du dich. ... ein wenig zu sehr ... von Conny bemuttern läßt. Könntest du nicht ... ein bißchen mehr auf eigenen Füßen stehen? Ich meine ..."

„Ich weiß genau, was du meinst", sagte Ruth merkwürdig erregt. „Wenn irgend jemand es weiß, dann bin ich es!"

Dolly glaubte, Ruth wäre beleidigt und zornig. Sie versuchte es noch einmal. „Natürlich weiß ich, daß ihr Zwillinge seid — und Zwillinge schließen sich immer eng aneinander... Deshalb verstehe ich, daß Conny dich so gern hat und..."

„Du verstehst überhaupt nichts", sagte Ruth. „Rede mit Conny, wenn du willst, aber du wirst trotzdem kein bißchen ändern." Damit ergriff sie ihre sauberen Malsachen und ging steif hinaus.

Dolly blieb allein zurück, verwirrt und ärgerlich. Es tut bestimmt nicht gut, wenn ich mit Conny spreche, überlegte sie. Sie wird wahrscheinlich genauso böse werden wie Ruth. Aber sie ruiniert Ruth! Und wenn Ruth sich ruinieren lassen und nichts weiter sein will als ein schwacher Schatten von Conny, dann soll sie! Ich weiß nicht, wie ich sie daran hindern könnte! Man kann Zwillinge nicht voneinander wegziehen, wenn sie zusammenhalten und sich wie eine einzige Person fühlen wollen. Es hat also wenig Zweck, wenn ich mich zwischen die beiden stecke.

Als nächstes wollte sie Felicitas aufstöbern und sehen, wie sie vorankam. Jetzt mußte sie sich allmählich zurechtgefunden haben. Vielleicht hatte sie sogar schon weitere Freundschaften geschlossen. Hoffentlich — aber die energische Irmgard heftete sich ja wie ein Blutegel an Felicitas.

In der großen Pause fand Dolly schließlich ihre Schwester und bat sie, am Abend zu einem Spaziergang zu ihr zu kommen. „Ja, sehr gern", sagte sie. „Ich glaube nicht, daß Irmgard für heute abend irgend etwas geplant hat."

„Und wenn doch?" fragte Dolly ungeduldig. „Du kannst sie doch sicherlich abschieben? Ich habe in der letzten Zeit überhaupt nichts von dir gesehen."

„Übrigens, ich kann Fräulein Pott gut leiden", sagte Felicitas und wechselte damit das Gesprächsthema, wie sie es oft tat, wenn Dolly ungeduldig wurde. „Ein kleines bißchen Angst habe ich zwar noch vor ihr, aber ich bin mit dem Klassenstoff ein wenig voraus — wirklich, Dolly —, und so kann ich in dieser ersten Zeit alles leichter nehmen, und das ist schön!"

„Ja, sehr schön", stimmte Dolly zu. „Sag mal — wie ist Irmgard denn im Unterricht?"

„Glänzend, wenn sie will!" erwiderte Felicitas lachend. „Sie macht immer viel Ulk — schrecklichen Ulk, weißt du. Wahrscheinlich genauso wie Alice."

Zu sehr wie Alice, dachte Dolly bei sich und erinnerte sich, wie wundervoll sie Alice in ihrer ersten Zeit auf Möwenfels gefunden hatte. „Sind nicht noch andere in deiner Klasse, die du besonders gern magst, Felicitas?" fragte sie die Schwester.

„Ach, ich mag sie eigentlich fast alle", sagte Felicitas. „Sie scheinen Irmgard jedoch nicht sehr leiden zu können und versuchen, sie in die Schranken zu weisen. Aber sie ist wie ein Gummiball; sie springt immer wieder hoch. Eine aus der Klasse finde ich besonders nett — sie heißt Steffi und ist eine richtige kleine Sportkanone. Aber Irmgard meint, sie wäre zu brav, und sie hält sie auch für dumm."

„Das sieht ihr ähnlich", sagte Dolly. „Nun, ich freue mich, daß du Steffi magst. Warum bildet ihr nicht ein Kleeblatt — du und Irmgard und Steffi? Ich glaube nicht, daß Irmgard als einzige Freundin die richtige ist."

„Ach, du kennst sie nicht!" sagte Felicitas überrascht. „Mit Steffi wird sie keine Freundschaft halten wollen."

Es klingelte, die Pause war zu Ende.

„Also, wir sehen uns heute abend", sagte Dolly. „Wir

werden zu den Klippen gehen. Aber bring nicht etwa Irmgard mit, hörst du? Ich möchte allein mit dir sein!"

„In Ordnung", erwiderte Felicitas.

Aber ach, an diesem Abend wurde ganz plötzlich eine Versammlung aller Klassensprecherinnen angesetzt, und Dolly mußte hingehen. Sie überlegte, ob sie nicht ein bißchen Zeit für einen kurzen Spaziergang mit Felicitas herausschlagen könnte. Aber es ging nicht — sie mußte zu der Versammlung.

Sie hielt also eine gerade vorüberkommende Schülerin der ersten Klasse an und trug ihr auf, Felicitas auszurichten, daß sie nicht kommen könne.

„Ich soll dir einen Gruß von der Klassensprecherin Dolly Rieder ausrichten", sagte dieses Mädchen dann zu Felicitas. „Sie hat heute abend keine Zeit, ihr Schwesterlein ans Händchen zu nehmen und spazierenzuführen."

Felicitas starrte sie entrüstet an. „Du weißt sehr genau, daß sie das nicht gesagt hat!" rief sie. „Was sagte sie wirklich?"

„Eben dies", antwortete das Mädchen schnippisch und lief davon.

Felicitas übersetzte sich die Botschaft zwar richtig, war aber trotzdem enttäuscht.

„Dolly kann heute abend nicht mit mir spaziergehen", erzählte sie Irmgard. „Sie scheint zu irgendeiner Versammlung oder so etwas zu müssen."

„Glaub das doch nicht!" erklärte Irmgard spöttisch. „Ich sage dir, diese Mädchen aus der vierten Klasse, wie Alice und Dolly, wollen sich bloß nicht mit uns abgeben. Darum sehe ich auch nicht ein, daß wir ihnen hinterherrennen sollen. Komm — gehen *wir* beide spazieren!"

Eine seltsame Freundschaft

Dolly vergaß in den nächsten Tagen Clarissa, weil es aus irgendeinem Grund plötzlich sehr viel zu tun gab. Die Pflichten einer Klassensprecherin waren augenscheinlich doch größer und zeitraubender, als Dolly es sich vorgestellt hatte.

Evelyn hatte Clarissa immer mehr an sich gefesselt. Sie saß in der Klasse neben ihr und gab vor, ihr helfen zu wollen, aber gewöhnlich endete es damit, daß nicht Evelyn Clarissa half, sondern umgekehrt!

Ihre Betten standen dicht nebeneinander, denn Evelyn hatte die gutmütige Marlies überredet, mit ihr das Bett zu tauschen, so daß sie neben Clarissa schlafen konnte.

„Sie ist vorher nie in einer Schule gewesen, weiß du, Marlies", hatte sie gesagt, „ebenso wie ich, ehe ich hierherkam. Deshalb verstehe ich genau, wie ihr zumute ist. Gerade nachts macht man die schwersten Stunden durch. Darum möchte ich dicht bei ihr sein, um sie zu trösten."

Marlies hatte sich zwar gewundert, daß Evelyn plötzlich so viel Güte an den Tag legte, aber sie glaubte, diese Fürsorglichkeit müsse unterstützt werden. Deshalb tauschte sie das Bett mit ihr. Zu Dollys Ärger lag Evelyn nun dicht bei Clarissa und flüsterte dauernd mit ihr.

„Wer hat dir erlaubt, das Bett zu tauschen?" fragte sie.

„Marlies", antwortete Evelyn ruhig.

„Aber warum hast du Marlies gefragt?" beharrte Dolly. „*Mich* hättest du fragen müssen!"

„Nein, denn es war ja nicht dein Bett, Dolly, sondern das von Marlies", erklärte Evelyn, immer noch in sanftem Ton. Sie merkte, daß Dolly sich ärgerte, und nahm sich vor, ihr anzubieten, den Tausch rückgängig zu machen. Dann würde Dolly gewiß sagen, es wäre alles in Ordnung, und sie könnte bei Clarissa bleiben.

„Aber natürlich mache ich es rückgängig, wenn du lieber möchtest, daß ich nicht neben Clarissa schlafe. Obwohl ich ihr nur helfen wollte", sagte Evelyn mit Märtyrerstimme.

„Ach, meinetwegen bleib dort", gab Dolly unwirsch zurück. Sie konnte einfach nicht ertragen, daß Evelyn sich als selbstlose Märtyrerin hinstellte.

Clarissa hielt Evelyn wirklich für das freundlichste Mädchen, das sie je getroffen hatte. Sie hatte allerdings niemals viele getroffen. Deshalb begrüßte sie Evelyns geschäftigen Eifer, ja sie ließ sogar deren endlose Geschichten über ihre uninteressante Familie geduldig über sich ergehen.

Über ihre eigene Familie erzählte sie sehr wenig, obgleich Evelyn sie ständig danach ausfragte. Evelyn wollte gern etwas von einem großen Schloß oder einem Rittergut hören, von tollen Autos und aristokratischen Jagdgesellschaften. Aber Clarissa sprach bloß von dem kleinen Landhaus ihrer Eltern und von „unserem Auto", nicht etwa von „Autos".

Clarissa hatte ein schwaches Herz und durfte an keinem Spiel und an keinem Sport teilnehmen. Außerhalb der Unterrichtsstunden hatte sie also nicht viel Gelegenheit, mit den anderen Mädchen in enge Berührung zu kommen. Deshalb war sie auch eifrig auf die kurzen Stunden bedacht, die sie mit Evelyn zusammensein konnte.

Das heißt, bis Dolly die Sache ernsthaft in die Hand nahm! Als sie eines Tages Evelyns blonden und Clarissas kastanienbraunen Haarschopf zusammen über ein Kreuzworträtsel gebeugt sah, während draußen strahlende Sonne schien und es niemand im Zimmer hielt, beschloß sie, nun wirklich etwas zu unternehmen.

Sie ging zu Margot. Margot hatte ja keine wirkliche Freundin; sie bildete nur mit Diana und Marlies zusammen ein Kleeblatt.

„Margot", begann Dolly, „wir glauben, daß Clarissa ein bißchen zu viel mit unserem Liebling Evelyn zusammensteckt. Willst du nicht versuchen, dich ein wenig um sie zu kümmern? Geh doch mal hinein und rede mit ihr."

Margot war angenehm überrascht. „Natürlich, Dolly", sagte sie, „das tu ich gern." Insgeheim dachte sie, daß die kleine bebrillte Clarissa mit Evelyn zusammen ein recht gutes Paar abgab — doch wenn Dolly es lieber anders haben wollte, gut! Sie ging also gehorsam hinüber zu Clarissa und versuchte, sie von Evelyn wegzuziehen.

„Komm doch mal mit mir hinunter zum Bad, Clarissa", sagte sie und lächelte freundlich. „Wir wollen den anderen zusehen. Eine muß Münzen ins Wasser werfen, und die anderen tauchen danach."

Clarissa richtete sich sofort auf.

Evelyn zog ein Gesicht. „Ach, Clarissa — du kannst doch noch nicht mitgehen."

„Warum nicht? Wir sind ja fertig und haben nichts mehr zu tun", sagte Clarissa überrascht und zeigte auf das ausgefüllte Kreuzworträtsel. „Komm doch auch mit!"

„Nein, ich bin zu müde", erklärte Evelyn, obwohl es nicht der Wahrheit entsprach.

Aber Clarissa blieb nicht bei ihr. Sie ging mit Margot weg, ziemlich aufgeregt, weil jemand sie eingeladen hatte. Clarissa hatte keine große Meinung von sich selbst. Sie hielt sich für simpel und uninteressant . . .

Aber hinterher ging es ihr bei Evelyn schlecht. Als sie vom Schwimmbad zurückkam, benahm sich Evelyn sehr kühl zu ihr und gab ihr nur kurze, schroffe Antworten.

Clarissa war verwirrt. „Sag mal, es hat dir doch nichts ausgemacht, daß ich mit Margot weggegangen bin?"

Evelyn erklärte mit feierlich erhobener Stimme: „Du weißt nicht so viel über Margot wie ich. Sie ist nicht die Art von Mädchen, die deine Familie gern als deine Freundin sehen möchte. Weißt du, was sie letztes Jahr gemacht hat?

Sie hatte von einem sogenannten ‚Nachwuchswettbewerb' gehört — einer ganz drittklassigen Veranstaltung in einem Kinosaal in Billstedt! Stell dir vor: Sie ist heimlich hingefahren, um dort zu singen!"

Clarissa verschlug es tatsächlich die Sprache, weil sie wußte, daß sie selbst niemals den Mut zu solch einer Sache gehabt hätte.

„Und was geschah dann?" fragte sie. „Erzähle — ich bin schon ganz gespannt!"

„Nun, Margot versäumte den letzten Bus nach Hause", berichtete Evelyn, „und Fräulein Peters fand sie um halb drei Uhr morgens auf dem Weg liegen. In der Nacht wurde sie dann schrecklich krank und verlor dadurch ihre Stimme. Sie bildete sich nämlich ein, eine wundervolle Stimme zu haben, weißt du — obwohl ich nicht sagen kann, daß ich sehr viel davon hielt."

„Arme Margot", sagte Clarissa.

„Nun, ich für mein Teil finde, man hätte sie von der Schule weisen müssen", fuhr Evelyn fort. „Ich sage das nur zu dir, Clarissa, weil ich möchte, daß du einsiehst: Margot ist nicht die richtige Freundin für dich — falls du an so etwas gedacht haben solltest."

„Nein, das habe ich nicht", sagte Clarissa schnell. „Ich ging nur zum Schwimmbad mit ihr hinunter. Und wenn du es nicht gern siehst, werde ich sogar das nicht mehr tun."

Die arme schwächliche Clarissa sagte also genau das, was Evelyn von ihr erwartet hatte, und als Margot sie das nächste Mal zu einem Spaziergang aufforderte, schlug sie es ihr ab.

Entrüstet ging Margot weg und berichtete Dolly, daß sie sich nicht mehr um diese alberne Clarissa kümmern würde. Sie sollte sich jemand anders dafür suchen. Vielleicht Diana?

Diana kam gerade vorbei und hörte ihren Namen. In einem Anfall von Ärger erzählte Dolly ihr, was geschehen war, und daß Margot vorgeschlagen hatte, sie, Diana, sollte doch einmal einen Versuch machen. Was sie dazu meinte?

„Mir macht es nichts aus — und wenn ich damit nur unserem Liebling Evelyn den Spaß verderbe", sagte Diana lachend. So versuchte sie also ihr Glück bei Clarissa, stieß aber auch nur auf Entschuldigungen und Ausflüchte.

Evelyn wußte übrigens Clarissa auch einiges über Diana zu erzählen.

„Weißt du, Clarissa", sagte Evelyn. „Diana gehört wirklich nicht in eine Schule wie diese. Du darfst es nicht weitersagen, was ich dir erzähle, aber vor einem oder zwei Jahren stellte sich heraus, daß Diana gestohlen hatte."

Clarissa starrte Evelyn entsetzt an. „Das kann ich nicht glauben!"

„Nun, das kannst du halten, wie du willst", sagte Evelyn. „Was ich dir erzähle, sind jedenfalls Tatsachen. Sie stahl Geldbörsen und Broschen, und Möwenfels war nicht etwa die einzige Schule, in der sie gestohlen hat. Als es herauskam, verlangte Frau Greiling, daß sie im Gemeinschaftsraum uns alles beichtete. Wir hatten damals zu entscheiden, ob sie von der Schule gewiesen werden sollte oder nicht. Und das ist so wahr, wie ich hier stehe!"

Clarissa war ganz bleich. Sie sah über den Hof hin, wo Diana mit Marlies lachte. Sie konnte es einfach nicht glauben. Aber Evelyn würde doch sicher nie und nimmer wagen, ihr eine solche Lüge zu erzählen, überlegte sie.

„Und ... sagtest du nicht ... ihr ... ihr ... wolltet sie nicht von der Schule wegschicken lassen?" fragte sie schließlich stockend.

„Ich war damals die erste, die ihr eine Chance geben wollte", sagte Evelyn, durchaus nicht der Wahrheit entsprechend. Es war die kleine Marlies gewesen, die das getan hatte, nicht Evelyn. „So blieb sie. Aber du siehst doch wohl ein, Clarissa, daß sie wirklich keine nette Freundin für dich ist? Du würdest ihr niemals richtig trauen können!"

„Nein, ich glaube nicht", sagte Clarissa. „Ach, ich mag aber gar nicht so häßliche Dinge über Diana und Margot denken.

Hoffentlich hast du nicht noch mehr solche schrecklichen Sachen zu erzählen."

„Hast du noch nicht davon gehört, wie Dolly mich im Schwimmbad hinterrücks überfallen und mich halb lahm geschlagen hat? Ohne jeden Grund — für nichts und wieder nichts!" sagte Evelyn, die jenes Ereignis immer noch nicht vergessen oder vergeben hatte, obwohl es jetzt schon ein paar Jahre zurücklag. „Noch wochenlang hinterher war mein Bein schlimm. Und du kennst doch Ellen Wieland? Die hat versucht, sich heimlich die Bogen mit den Prüfungsaufgaben zu verschaffen, weil sie Angst hatte, nicht versetzt zu werden! Stell dir das vor!"

„Hör auf", sagte Clarissa, die allmählich glaubte, ganz Möwenfels wäre ein Nest von Betrügern, Dieben und Dummköpfen.

„Und sogar Will, von der doch jeder so viel hält, hat sich im letzten Jahr durch ständigen Betrug und Ungehorsam sehr unbeliebt gemacht", fuhr die niederträchtige Stimme fort. „Weißt du, Fräulein Peters mußte damit drohen, daß sie Wills Pferd nach Hause schicken würde, weil sie so wenig gehorchte."

„Ich mag nichts mehr hören", sagte Clarissa, die ganz unglücklich war.

„Nun, es ist alles die lautere Wahrheit." Evelyn vergaß ganz, wie oft sie selbst unehrlich und unfreundlich gewesen war. Sie machte sich auch nicht klar, wie sie die Tatsachen zu wirklichen Bosheiten verdrehte, obwohl die meisten von ihnen leicht und mit etwas Freundlichkeit erklärt werden konnten.

Dolly kam heran, entschlossen, Clarissa von Evelyns dauerndem Geflüster wegzuholen.

„Hallo, Clarissa", sagte sie vergnügt. „Nach dir habe ich lange gesucht! Komm und hilf mir, ein paar Blumen für unser Klassenzimmer zu pflücken. Magst du?"

Clarissa saß, als wäre sie festgewachsen.

„Los, komm!“ rief Dolly ungeduldig. „Ich beiß dich nicht, und ich schlage dich auch nicht!“

Liebe Zeit, dachte Clarissa und stand langsam auf. Dabei erinnerte sie sich an Evelyns Erzählung von den Schlägen, die Dolly ihr gegeben hatte.

„Hat die liebe Evelyn dich mit Erzählungen von unseren ‚fürchterlichen Taten‘ erquickt?“ fragte Dolly. Als sie sah, daß Clarissa rot wurde, wußte sie, daß sie den Nagel auf den Kopf getroffen hatte.

Der Ausflug

Ein paar Monate vergingen. Die Mädchen, die vor den Prüfungen standen, arbeiteten wirklich tüchtig. Einige von ihnen sahen schon richtig blaß aus. Fräulein Wagner entschied, daß es Zeit sei, ein wenig abzuschalten.

„Wir wollen euch einen ganzen Tag frei geben, damit ihr einen Ausflug machen könnt — natürlich mit einem Picknick“, sagte sie eines Nachmittags. „Was haltet ihr vom Langen Berg?“

Der Lange Berg war ein bevorzugter Ort für Picknicks. Der Weg dorthin war reizvoll, und von oben hatte man einen herrlichen Blick auf die Landschaft ringsum und auf das Meer.

„Wunderbar, Fräulein Wagner!“ rief Dolly.

„Umwerfend!“ sagte Alice. Das war gerade ein Lieblingswort der Erstkläßler, über das sich die älteren oft lustig machten.

„Zum Langen Berg!“ sagte Clarissa. „Dort wohnt ja Frau Lucius, meine alte Kinderfrau!“

„Schreib ihr doch und frage, ob wir sie nicht besuchen dürfen!" meinte Evelyn, die Picknicks „albern" fand. „Das wäre doch hübsch für dich!"

„Du denkst immer an so nette Dinge, Evelyn", sagte Clarissa. „Ich werde wirklich schreiben. Ich weiß, sie wird uns phantastisch bewirten."

Ein Glück, daß wir nicht den ganzen Berg hinauf mit den anderen gehen müssen! dachte Evelyn dankbar. Ich bin wieder mal sehr schlau gewesen.

Die alte Frau Lucius schrieb auf Clarissas Brief sofort zurück. „Wir sollen zum Kaffee zu ihr kommen", sagte Clarissa. „Sie schreibt, sie will extra für uns Kuchen backen."

„Wir sollten besser um Erlaubnis fragen", schlug Evelyn vor. Es war ihr eingefallen, daß Dolly etwas dagegen haben könnte, wenn sie bei dem Picknick absprangen. „Geh doch und frage Fräulein Wagner, Clarissa!"

„Nein, geh du!" sagte Clarissa, die sich imer davor fürchtete, eine Lehrerin irgend etwas zu fragen.

Aber Evelyn bat Fräulein Wagner lieber nicht um etwas. Fräulein Wagner durchschaute Evelyn. Vielleicht hätte sie allein schon aus Grundsatz nein gesagt. Sie traute Evelyn nicht weiter, als sie sie sehen konnte.

So mußte Clarissa gehen — und mit vielem Stottern und Stammeln brachte sie schließlich heraus, worum sie fragen wollte, und übergab die Einladung ihrer alten Kinderfrau.

„Ja, du kannst gern zu ihr hingehen, sofern du noch eine andere Schülerin mitnimmst", sagte Fräulein Wagner, und sie dachte dabei: Was für ein wenig hübsches Kind ist diese Clarissa doch mit ihren dicken Brillengläsern und der Zahnbrücke! Sie kann natürlich nichts dafür — aber diese Jammermiene, die sie immer aufsetzt, macht es noch schlimmer.

Der Tag des Picknicks dämmerte hell und klar herauf und versprach, brütend heiß zu werden.

„Ein ganzer Tag draußen!" rief Dolly freudig erregt. „Ich schlage vor, daß wir unser Badezeug mitnehmen und am Fuß vom Langen Berg baden. Dort ist ein Teich."

Nachdem sich alle aus der Küche ein Päckchen mit Verpflegung geholt hatten, zogen sie lustig und fröhlich los, und ein halbe Stunde später stiegen sie den Klippenpfad hinauf zum Weg nach dem Langen Berg. Es war herrlich, mal einen ganzen Tag lang keine Lehrerin dabei zu haben!

Evelyn und Clarissa trotteten ein gutes Stück hinter den anderen her. Dolly rief ihnen zu, sie sollten sich beeilen. Sie ärgerte sich, daß die beiden wieder zusammen waren, obgleich sie sich bemüht hatte, sie zu trennen.

„Clarissa bekommt Herzschmerzen, wenn sie schnell geht", rief Evelyn zurück. „Das weißt du doch, Dolly!"

„Ach, Evelyn, ich spüre mein Herz jetzt kaum", sagte Clarissa. „Ich glaube, daß ich fast gesund bin. Ich kann wirklich schneller gehen."

„Nun", erwiderte Evelyn mit leidender Miene, „dann denke bitte auch ein bißchen an *mein* Herz, Clarissa. Es benimmt sich in letzter Zeit so merkwürdig. Manchmal flattert es wie ein Vogel, weißt du."

Clarissa sah sie aufgeregt an. „Ach, Evelyn, geradeso ging es mir, da mußt du dich in acht nehmen! Solltest du nicht zu einem Arzt gehen?"

„Ach nein, das möchte ich nicht", sagte Evelyn. „Da müßte ich es ja erst der Hausmutter melden. Und zu der gehe ich nicht gern wegen solch einer Sache. Du weißt anscheinend noch nicht, wie unangenehm sie sein kann."

Clarissa hatte die Hausmutter bisher für freundlich und verständnisvoll gehalten. Sie wußte nicht, daß Evelyn versucht hatte, sie mit allen möglichen Geschichten einzuseifen, wenn sie von irgendeiner Anstrengung freikommen wollte, und daß die Hausmutter nun grundsätzlich nichts mehr glaubte, was Evelyn ihr sagte. Sie gab ihr lediglich jedesmal einen großen Löffel bitter schmeckender Medizin, ganz gleich, über welche „Krankheit" Evelyn auch klagen mochte.

„Sieh doch Conny an", sagte Evelyn, als sie sich den anderen näherten. „Sie trägt außer ihrem eigenen nun auch noch

Ruths Proviantpäckchen. Wie kann Ruth sich das gefallen lassen?"

„Nun, sie sind Zwillinge", antwortete Clarissa, „und wahrscheinlich tun sie sich gegenseitig gern einen Gefallen. Komm, wir wollen sie einholen und uns mit ihnen unterhalten."

Aber das Gespräch wurde — wie gewöhnlich — von Conny geführt, nicht von Ruth.

„Welch himmlischer Tag für ein Picknick!" sagte Clarissa und sah Ruth an.

„Wundervoll!" sagte Conny und begann, über die belegten Brote zu reden, die sie in dem Päckchen trug.

Dann sprach Evelyn Ruth an: „Hast du schon deinen Kugelschreiber wiedergefunden?"

Und abermals antwortete Conny an ihrer Statt: „Ja, er lag ganz hinten in ihrem Pult."

„Ruth, sieh doch diesen Schmetterling!" sagte Clarissa, die Ruth unbedingt zu einer eigenen Antwort bewegen wollte. „Weißt du, was für einer es ist?"

„Ein Schwalbenschwanz", antwortete Conny, ehe Ruth überhaupt nach dem hübschen Falter gesehen hatte.

Evelyn und Clarissa gaben es schließlich auf. Mit Ruth war einfach kein Gespräch zu führen, weil Conny ihr immer zuvorkam.

Das Picknick hielten sie dann am Fuße des Langen Berges ab — sie hatten inzwischen einen viel zu großen Hunger, um zu warten, bis sie oben auf der Bergkuppe waren.

Evelyn war heilfroh darüber. Sie keuchte ohnehin schon.

„Du hast zuwenig Bewegung. Bist eine richtige Stubenhockerin", sagte Alice ohne Mitleid. „Hach, und was für eine wunderbare Grimasse du jetzt schneidest — eine selten großartige!"

Als Britta das höre, kam sie heran. Sie sah Evelyn an und tastete sofort nach ihrem Skizzenblock, den sie immer bei sich trug. „Ja — prachtvoll, dies böse Gesicht!" meinte sie. „Bitte behalte es, Evelyn. Das muß ich einfach für meine Sammlung haben!“

Clarissa, Ruth und Conny blickten erstaunt auf. „Eine Sammlung von Grimassen?“ fragte Conny. „Das habe ich aber auch noch nicht gehört!“

„Ja, ich habe ein nettes kleines Buch nur mit Evelyns verschiedenen Grimassen“, erklärte ihnen Britta. „Eine so“ — und sie skizzierte ein schreckliches Gesicht — „eine so ... und diese hier müßt ihr ja hundertmal gesehen haben!“ Sie zeichnete die verschiedensten Gesichter, und alle schrien vor Vergnügen.

„Schnell — gerade zieht Evelyn wieder einen Flunsch!“ sagte sie und öffnete ihren Block. „Wißt ihr, eine Zeitlang bin ich immer hinter ihr hergepirscht und habe auf ihre Grimassen gelauert, aber dann wurde sie vorsichtig, und ich erwischte kaum noch eine. Wenn wir wieder in Möwenfels sind, zeige ich dir gern meine Sammlung, Clarissa.“

„Ach ... hm ... ich weiß nicht, ob Evelyn das möchte.“

„Natürlich nicht!“ sagte Britta. Ihr schneller Stift glitt über das Papier. Sie riß das Blatt ab und reichte es Clarissa hin. „Da hast du sie — deine liebe Evelyn!“

Clarissa schnappte nach Luft. Ja, das war Evelyn, wie sie leibte und lebte! Und sie sah gar nicht nett aus! Diese verflixte Britta! Ihr boshafter Stift erfaßte sofort jede Miene und hielt sie auf dem Papier fest.

Clarissa wußte nicht, was sie mit dem Blatt tun sollte — zerriß sie es, war Britta beleidigt; behielt sie es, war Evelyn beleidigt. Zum Glück löste der Wind das Problem: Er riß ihr das Blatt aus den Fingern und wehte es über eine Hecke. Da war Clarissa sehr erleichtert.

Das Picknick war nett und gemütlich. Alle setzten sich am Rande einer grünen Wiese hin, auf der viele bunte Blumen standen. Zur einen Seite wogten gelbe Kornfelder, zur anderen erhob sich der baumbestandene Lange Berg, und über allem leuchtete ein strahlend blauer Himmel. Die Mädchen ließen sich all die leckeren Dinge schmecken, die sie aus ihren Proviantpäckchen holten: belegte Brote, Delikateßgurken, Tomaten, Obst und Pappteller mit Salat.

Nach dem Essen blieben alle einfach sitzen und faulenzten in der Sonne. Inzwischen verging die Zeit wie im Nu. Nach einer Stunde mahnte Dolly, daß sie aufbrechen müßten, wenn sie den Nachmittagskaffee in dem kleinen Gasthaus oben auf dem Langen Berg einnehmen und später noch baden wollten.

„Clarissa und ich haben von Fräulein Wagner die Erlaubnis, zu Frau Lucius, Clarissas alter Kinderfrau, zu gehen und dort Kaffee zu trinken", sagte Evelyn so höflich zu Dolly, wie sie es immer tat, wenn sie wußte, daß sie mit Widerspruch rechnen mußte. „Sie wohnt in Dahrendorf. Das ist das Dörfchen, von dem man dort hinten den Kirchturm sieht, direkt am Fuß des Berges."

„Was? Davon höre ich ja zum ersten Mal!" rief Dolly. „Weshalb konntest du mir das nicht eher sagen? Es ist doch wahr? Du sagst es hoffentlich nicht, um dich vor dem Aufstieg und dem Baden zu drücken?"

„Natürlich nicht", sagte Evelyn. „Frag doch Clarissa."

Clarissa, die bei Dolly stets ein bißchen ängstlich war, holte die Einladung von Frau Lucius hervor.

„Also gut", sagte Dolly und gab den Brief zurück. „Es sieht dir ähnlich, Evelyn, dich auf diese Weise vor dem Bergsteigen und Baden zu drücken. Darin bist du immer sehr findig!"

Evelyn hielt es für unter ihrer Würde zu antworten.

Die anderen begannen den Aufstieg. Evelyn und Clarissa legten sich zufrieden wieder ins Gras. „Bin ich froh, daß ich jetzt nicht auf den Berg steigen muß!" meinte Evelyn. „Noch dazu an einem so heißen Tag! Sollen sie doch so lange kraxeln, bis ihnen die Zunge zum Hals heraushängt!"

Eine Weile blieben sie noch dort, dann behauptete Evelyn, sie sei von irgendeinem Insekt gebissen worden. Das tat sie immer, wenn sie nicht mehr in der frischen Luft bleiben wollte. Sie machten sich also auf den Weg nach Dahrendorf.

Frau Lucius erwartete sie schon. Sie kam herausgelaufen, um Clarissa zu begrüßen und streichelte sie wie ein kleines Kind. Dann entdeckte sie Evelyn, schien aber sehr erstaunt, daß weiter niemand mitgekommen war.

„Ich habe mich auf zwanzig eingerichtet!" rief sie. „Ich dachte, eure ganze Klasse käme, Clarissa! Was machen wir nur? Könnt ihr sie nicht herholen?"

Ein toller Plan

„Geh du hinterher, Evelyn", drängte Clarissa. „Ich wage nicht, den Berg hinaufzulaufen. Sie sind jetzt sicher schon halb oben."

„Nein, ja nicht, Clarissa", sagte Frau Lucius. „Du darfst auf keinen Fall den Berg hinaufrennen — du mit deinem Herzfehler! Ich meinte, die andere sollte gehen."

Evelyn zog ein langes Gesicht. „Natürlich werde ich gehen", sagte sie. „Aber mit meinem Herzen ist auch irgend etwas nicht in Ordnung. Es flattert immer, wenn ich mich überanstrenge."

„Genauso ging es mir immer!" rief Clarissa voll Mitleid. „Ich hatte ganz vergessen, daß du mir das gesagt hast, Evelyn. Nun, da ist nichts zu machen. Wir können die andern nicht zurückholen."

„Wie schade!" sagte Frau Lucius und führte sie in ihr kleines Haus. In der guten Stube war ein wunderschöner Kaffeetisch gedeckt — mit Schokoladenkuchen und Plätzchen und einer riesengroßen Torte.

„Oooh!" staunten Clarissa und Evelyn. „Welche Pracht!"

So viele leckere Sachen!

„Ich hatte angenommen, die ganze Klasse käme", sagte Frau Lucius.

„Nein, ich hatte bloß geschrieben, daß die ganze Klasse einen Ausflug macht und ob wir — damit meinte ich Evelyn und mich — wohl zum Kaffee herkommen dürften", erklärte Clarissa. „Ich konnte nicht ahnen, daß Sie dieses ‚wir' auf die ganze Klasse beziehen würden. Es tut mir sehr leid."

„Nun setzt euch erst einmal und eßt" sagte Frau Lucius. Aber so verlockend alle Sachen waren, nach dem reichlichen Picknick konnten die beiden nicht viel verzehren. Evelyn sah die leckeren Dinge richtig verzweifelt an.

Da hatte Frau Lucius einen großartigen Einfall: „Gibt es in eurer Schule nicht manchmal ein Mitternachtsfest oder so etwas Ähnliches, das ein paar Schülerinnen heimlich veranstalten?" fragte sie Clarissa. „Deine Schwester erzählte davon, als sie im Internat war."

„Eine Mitternachts-Party!" rief Evelyn und dachte an die paar, die sie in Möwenfels mitgemacht hatte. „Das ist eine herrliche Idee, Frau Lucius. Dürfen wir wirklich dies alles dafür haben?"

„Natürlich! Dann kommt es wenigstens in alle hungrigen Münder, für die es bestimmt war", sagte die alte Frau und zwinkerte den beiden Mädchen zu. „Wie wollt ihr es aber tragen?"

Sie überlegten. Für sie beide allein war es zuviel, um es den weiten Weg zu schleppen. Sie brauchten Hilfe. Clarissa war aufgeregt. Eine Mitternachts-Party! Sie hatte schon so viel davon gehört. Und nun sollte sie selbst eine mitfeiern und sogar das Essen dafür stiften!

„Ich weiß", sagte Evelyn plötzlich. „Wir sollen uns ja um halb sechs mit Dolly und den andern treffen. Dann kommen wir mit ein paar von den andern noch einmal zurück und holen die Sachen!"

„Ein feiner Gedanke!" Clarissas Augen strahlten hinter den dicken Gläsern.

Kurz vor halb sechs brachen Evelyn und Clarissa also auf. Aber an der verabredeten Stelle trafen sie nur zwei: Alice und Britta. Beide waren recht mürrisch.

„Wir warten nun gute zwanzig Minuten auf euch. Es ist schon ein Viertel vor sechs!" fing Alice entrüstet an. „Die andern sind längst gegangen. Habt ihr denn keine Uhr?"

„Nein", sagte Evelyn. „Es tut mir leid. Wahrscheinlich ging die Uhr bei Frau Lucius nach."

„Also kommt jetzt wenigstens ein bißchen schneller weiter!"

Aber Evelyn faßte Alice am Arm. „Warte noch, Alice. Wir möchten, daß ihr beide mit uns zu Frau Lucius zurückgeht. Es ist nicht weit."

Alice und Britta starrten Evelyn an. Schnell berichtete sie ihnen von den vielen guten Sachen und von Frau Lucius' Vorschlag, eine Mitternachts-Party damit zu veranstalten.

Alices Augen leuchteten sofort auf. Eine Mitternachts-Party! Das wäre ein herrlicher Abschluß für diesen schönen Tag! Das durften sie sich nicht entgehen lassen.

„Es wäre wirklich ein Jammer, wenn wir all die guten Sachen umkommen ließen", sagte sie vergnügt. „Da habt ihr recht. Also laßt uns zurückgehen."

Kein Wort mehr davon, daß es zu spät sei! Schnell gingen sie zu Frau Lucius zurück. Sie hatte schon alles verpackt, die Kuchen, die Plätzchen und auch die Torte. Die Mädchen bedankten sich herzlich.

Susanne wartete am Klippenweg auf sie. „Was habt ihr bloß gemacht?" fragte sie. „Dolly ist in furchtbarer Angst, ihr könntet verlorengegangen oder abgestürzt sein."

Alice lachte. „Sieh mal in diese Tüte! Und hier in diesen Beutel! Clarissas alte Kinderfrau hat uns das alles für eine Mitternachts-Party gestiftet."

„Was?" rief Susanne begeistert. „Großartig! Versteckt die Sachen am besten irgendwo. Pöttchen oder Mademoiselle dürfen sie nicht finden."

„Aber wohin?" überlegte Alice. „Und wo sollen wir feiern? Am besten draußen, es ist ja so warm. Ich weiß! Wir bringen alles zum Bad hinunter. Dann können wir um Mitternacht noch schwimmen."

Das klang wundervoll!

„Geh du und sag Dolly Bescheid, Susanne", fuhr Alice fort. „Wir vier huschen inzwischen zum Bad hinunter und verstecken alles in der kleinen Gerätekammer, wo die Rettungsgürtel liegen."

Alice verstaute die Sachen und verschloß die kleine Kammer. Auf dem Rückweg fiel ihr ein, daß sie den Schlüssel nicht abgezogen hatte.

„Dumm", sagte sie. „Ich gehe lieber noch einmal zurück — falls jemand herumschnüffelt."

Die anderen gingen voraus, und Alice holte den Schlüssel. Als sie ihn in die Tasche steckte, hörte sie in der Nähe Schritte und drehte sich schnell um.

Zum Glück war es nur Betty, ihre Freundin aus dem Westturm. „Hallo, was treibst du hier?" fragte Betty.

Alice lachte und erzählte ihr alles.

„Warum lädst du mich nicht ein, auch herzukommen?" fragte Betty. „Hast du etwas dagegen?"

„Nein. Nur Dolly wird es nicht mögen", antwortete Alice zögernd. „Du weißt ja, daß wir nachts unsere Türme nicht verlassen und uns nicht treffen sollen."

„Ja, ja — aber wenn ich nun gerade aus dem Fenster meines Schlafsaales schaue, weil ich irgend etwas vom Schwimmbad her gehört habe, und dann herauskomme, um zu sehen, was es ist . . . was geschieht dann?" fragte Betty verschmitzt. „Dann sehe ich nicht ein, wieso dich jemand daran hindern kann zu sagen: Komm, mach mit!"

„Eine glänzende Idee!" meinte Alice. „Dann kann niemand wissen, daß ich dir Bescheid gesagt habe. Wenn ich dich einlade mitzumachen, werden die anderen nichts dagegen haben. Und dann kann Dolly es nicht verbieten."

„In Ordnung", sagte Betty kichernd. „Das wird ein Spaß! Wo wart ihr denn heute? Auf dem Langen Berg? Wir waren im Tiefen Grund. Sag mal... ob ich nicht noch ein paar andere aus meinem Turm mitbringen könnte? Schließlich bin ich ja nicht eingeladen, wenn ich bloß herauskomme, um nach dem Lärm zu sehen. Niemand braucht davon zu erfahren."

„Gut. Bring Elli und Vera mit", sagte Alice. „Aber sage ja nichts davon, daß ich dir alles erzählt habe. Sonst reißt Dolly mir den Kopf ab!"

Betty lief davon, und Alice holte die anderen ein.

„Wo bleibst du bloß so lange?" fragte Britta. „Wir dachten schon, du wärst ins Wasser gestürzt."

„Habt ihr Dolly von der Mitternachts-Party erzählt?"

„Ja", sagte Britta. „Erst war sie ein bißchen unsicher, aber als wir sie dann an die Party der Fünften im letzten Jahr erinnerten, lachte sie und meinte: ‚Gut, dann geben wir auch eine!'"

Die Mädchen der Vierten zwinkerten sich beim Essen fortwährend zu, so daß Mademoiselle, die die Aufsicht führte, ein paarmal an sich herunterschaute, ob irgend etwas nicht in Ordnung sei. Hatte sie einen Knopf verloren? War ihr Gürtel verdreht? Weshalb zwinkerten diese schrecklichen Mädchen dauernd? Aber es war bei ihr alles in Ordnung. Nur die Mädchen waren aufgeregt, kicherten, stießen sich an und zwinkerten. Dabei wäre wohl jede Lehrerin unruhig geworden.

Mademoiselle war nachsichtig. Sie sind nach ihrem Ausflug aufgeregt, dachte sie. Sie werden heute nacht gewiß gut schlafen!

Aber sie irrte. Sie hatten gar nicht die Absicht, in dieser Nacht gut zu schlafen!

Party-Vorbereitungen

„Laßt nur Pöttchen nicht merken, daß wir heute nacht etwas vorhaben — oder Mademoiselle“, beschwor Dolly die anderen nach dem Abendbrot. „Kommt jetzt in den Gemeinschaftsraum. Dort besprechen wir die Einzelheiten. Prima, daß wir so viel zum Essen bekommen haben — vielen Dank, Clarissa!“

Clarissa wurde rot und konnte vor Aufregung gar nichts sagen. Sie war selig bei dem Gedanken, daß sie für die anderen eine „Party“ gab.

Im Gemeinschaftsraum sprachen sie alles durch.

„Heute abend ist es so schrecklich heiß, daß es unten beim Schwimmbad herrlich sein wird“, sagte Susanne. „Wir werden nicht wie sonst kreischen und schreien. Nachts hört man alle Laute weit, und wenn der Wind ungünstig steht, ist es möglich, daß man hier den Lärm von dort unten hört.“

Über diese Bemerkung von Susanne freute sich Alice sehr. Nun würde es durchaus glaubwürdig erscheinen, wenn Betty und Elli und Vera kamen und erzählten, daß sie vom Schwimmbad her Lärm gehört hätten.

„Susanne und ich bleiben heute abend wach", nahm Dolly sich vor. „Wenn es zwölf schlägt, wecken wir euch. Ihr zieht dann eure Morgenröcke an und bringt Badezeug mit. Am besten ist es, wenn wir das jetzt aus den Umkleideräumen holen. Wir wecken sonst vielleicht die Lehrerinnen auf, wenn wir spät in der Nacht noch rumoren."

„Ist das Essen unten im Bad sicher?" erkundigte sich Will.

„Ja. In der Gerätekammer", sagte Alice. „Ich habe den Schlüssel."

„Wir werden erst baden und dann feiern", schlug Dolly vor. „Schade, daß wir nichts zu trinken haben."

„Wenn ich die alte Köchin um etwas Kakao bitte, stellt sie uns bestimmt welchen bereit", sagte Irene, die der Liebling des gesamten Küchenpersonals war. „Er wird bis dahin zwar kalt sein, aber das ist bei dem heißen Wetter eigentlich nur ein Vorteil."

„Fein. Mach das nur", sagte Dolly. „Bitte um zwei große Kannen und stelle sie in der Speisekammer ab. Wenn wir fertig sind, holen wir sie."

Irene eilte weg. Dann wurde Alice mit Margot in den Umkleideraum geschickt, um die Badesachen zu holen.

Sie waren alle aufgeregt. Clarissa konnte kaum ruhig sitzen.

„Wenn ich bloß nicht so viel zum Abendbrot gegessen hätte!" klagte Evelyn. „Ich habe heute nach sicher keinen Appetit auf den schönen Kuchen und die Torte!"

„Warum schlingst du auch so viel in dich hinein?" sagte Britta. „Fünf Tomaten hast du verdrückt. Ich habe sie gezählt. Kein Wunder, daß du so dick wirst. Ach, ich könnte dich großartig als nettes fettes Schweinchen zeichnen, mit blauen Augen und einem Band um den Ringelschwanz."

Alle schrien vor Lachen.

Kichernd kamen Alice und Margot mit den Badesachen zurück.

„Hat euch jemand gesehen?" fragte Dolly ängstlich.

„Ich glaube nicht. Meine gräßliche kleine Kusine Irmgard lief zwar irgendwo herum, aber ich glaube nicht, daß sie etwas gemerkt hat", berichtete Alice. „Ich hörte sie pfeifen, als wir in den Umkleideraum gingen."

Irene kam aus der Küche zurück. Sie lachte über das ganze Gesicht. „Die Köchin war allein", erzählte sie. „Sie wird uns zwei große Kannen mit Kakao in die Speisekammer stellen, irgendwann nach elf. Die anderen gehen dann schlafen, und wir können sie jederzeit holen. Hurra!"

„Das klappt ja großartig!" rief Alice.

Im nächsten Augenblick steckte die Hausmutter den Kopf herein und fragte nach Evelyn.

„Warum denn, Hausmutter?" jammerte Evelyn. „Was habe ich denn nicht getan, was ich hätte tun sollen? Warum soll ich kommen?"

„Nur ein bißchen flicken", sagte die Hausmutter.

„Aber ich habe doch die gräßliche Näherei erledigt, die Sie mir auftrugen."

„Nun denn — sagen wir: ein bißchen auftrennen und neu nähen", erwiderte die Hausmutter ärgerlich.

Die Mädchen lachten. Sie hatten gesehen, wie Evelyn ein paar marineblaue Turnhosen mit grauem Garn nähte, und waren gespannt darauf gewesen, ob die Hausmutter es wohl bemerken würde.

Leise schimpfend ging Evelyn hinaus.

„Ich könnte die Näherei ja für sie erledigen", schlug Clarissa Dolly vor. „Ich nehme am Sport und am Turnen nicht teil und habe viel Zeit."

„Wag das ja nicht!" sagte Dolly sofort. „Du hilfst ihr ohnehin schon zuviel — sie schreibt in einem fort von dir ab."

Clarissa schaute erschrocken drein: „Ach nein, sie schreibt nicht ab", erklärte sie kameradschaftlich.

„Sei doch nicht albern", sagte Alice unverblümt. „Evelyn ist ein Dummkopf. Sie hat immer von der Gescheitheit der anderen profitiert und wird es weiterhin tun. Setz deine rosarote Brille ab und sieh Evelyn durch deine eigenen Augen, Clarissa!"

Im Glauben, daß Alice wirklich meinte, sie solle ihre Brille aus irgendeinem Grunde absetzen, tat Clarissa das gehorsam. Die Mädchen wollten schon in lautes Lachen ausbrechen, als Dolly sich überrascht vorbeugte.

„Clarissa!" sagte sie. „Du hast ja richtig grüne Augen! Niemals habe ich solche Augen gesehen. Du gehörst zu den Elfen — wie alle grünäugigen Menschen."

Alle lachten — als sie jedoch Clarissas Augen aus der Nähe betrachteten, entdeckten sie, daß sie wahrhaftig von einem hübschen, klaren Grün waren, was zu Clarissas kastanienbraunen Locken außerordentlich gut aussah.

„Ich freue mich, daß meine grünen Augen euch gefallen", sagte Clarissa. „Evelyn meint, es sei fürchterlich, grüne Augen wie eine Katze zu haben."

„Wenn alle Katzen grüne Augen hätten, müßte unsere liebe Evelyn bestimmt welche haben", sagte Britta sofort.

„Aber Evelyn ist immer sehr freundlich zu mir gewesen ...", begann Clarissa, doch die andern hießen sie schweigen — Evelyn erschien in der Tür, mit bitterböser Miene und mit einem Paar Turnhosen und einem Paar Sportstrümpfen in der Hand!

„Die Hausmutter ist richtig gemein", begann sie. „Stundenlang habe ich in dieser Woche gestopft, und jetzt muß ich alles auftrennen und noch einmal machen."

„Warum hast du auch graues Garn für blaue Hosen und blaue Wolle für rote Strümpfe genommen", sagte Alice. „Man könnte dich wirklich für farbenblind halten."

Clarissa hätte Evelyn gern geholfen, aber nach Dollys Bemerkung mochte sie nicht, und Evelyn wagte nicht, sie darum zu bitten. Die Mädchen saßen gähnend herum, versuchten zu lesen und sehnten sich nach dem Bett, weil sie wirklich müde waren — allerdings nicht zu müde, um mitten in der Nacht aufzustehen und ein Fest zu feiern.

Sie brauchten an diesem Abend nicht lange zum Schlafengehen. Sogar die langsame Evelyn war diesmal schnell.

„Ihr tut mir leid, Dolly und Susanne, daß ihr bis zwölf wachbleiben müßt!" sagte Irene gähnend. „Gute Nacht — wir sehen uns ja bald wieder!"

Susanne hielt sich tapfer wach. Um elf Uhr schüttelte sie Dolly, die bis zwölf wachen sollte. Aber Dolly war so müde, daß sie kaum die Augen aufbekam. Als sie es endlich doch schaffte, beschloß sie, lieber gleich aufzustehen und ein wenig auf und ab zu gehen, sonst schlief sie wieder ein, und dann gab es kein Fest, denn um zwölf wurde bestimmt niemand wach!

Endlich hörte sie es vom Turm zwölf schlagen. Mitternacht! Sie weckte erst Susanne, und dann weckten sie beide die anderen. Evelyn wurde am schwersten wach — wie immer. Dolly überlegte, ob sie sie schlafen lassen sollte . . .? Aber dann war Clarissa vielleicht ärgerlich, und schließlich war es ja Clarissas Party!

Sie zogen die Morgenröcke und Hausschuhe an, holten die Badesachen aus dem Schrank und schickten Irene und Britta nach dem Kakao. Überall im Schlafsaal kicherte und flüsterte es. Alle waren nun wach und aufgeregt.

„Los, kommt! Wir gehen zur Seitentür hinaus und durch das Tor zum Klippenpfad", flüsterte Dolly. „Und bitte, fallt bloß nicht die Treppe hinunter oder stellt sonst irgend etwas Blödsinniges an."

Sie waren bald unten am Schwimmbecken, das im Mondlicht glänzte und wunderbar aussah. Irene und Britta brachten die Kannen mit dem Kakao.

„Zuerst wollen wir uns ansehen, was es Schönes zu essen gibt", sagte Susanne. „Ich bin sehr gespannt darauf."

„Alice, wo ist der Schlüssel zur Gerätekammer?"

„Ach, du Schreck!" rief Alice. „Den habe ich in meiner Jackentasche! Ich renne schnell zurück und hole ihn. In einer halben Minuten bin ich wieder da!"

Das heimliche Fest

Alice rannte den Pfad hinauf, ärgerlich auf sich selbst, weil sie den Schlüssel vergessen hatte. Sie schlüpfte durch die Seitentür in den Turm und lief die Treppen hinauf. Auf dem Flur, auf dem die Schlafsäle der ersten Klasse lagen, sah sie eine kleine weiße Gestalt im Durchgang, die durchs Fenster zum Meer hinunterschaute. Es muß eine aus der ersten Klasse sein! überlegte Alice.

Leise ging sie auf die kleine Gestalt zu und faßte sie bei der Schulter. Ein Schreckenslaut ...

„Pssst!" machte Alice. „Ach, du bist es, Irmgard! Was tust du um Mitternacht hier draußen?"

„Nun und du?" fragte Irmgard frech.

Alice schüttelte sie. „Sei nicht zu dreist", sagte sie. „Hast du vergessen, wie ich dich in den vorigen Sommerferien verprügelt habe, als du bei uns zu Besuch warst und zu Betty und mir frech wurdest?"

„Nein", sagte Irmgard. „Du warst gemein. Mich mit einer Haarbürste zu schlagen!"

„Du hattest es wohl verdient", erklärte Alice. „Und wenn du gepetzt hättest, wären Michael und Rudi noch unsanfter mit dir verfahren."

„Ja", sagte Irmgard zornig. Vor Alices Brüdern fürchtete sie sich. „Aber warte! Eines Tages zahle ich es dir zurück!"

„Das würde dir erneut Prügel eintragen!" zischte Alice sie spöttisch an. „Jetzt aber — marsch ins Bett! Du weißt, daß du nachts nicht aus dem Schlaufraum gehen darfst."

„Ich habe gesehen, daß ihr alle heute abend euer Badezeug holtet", antwortete Irmgard. „Daraus schloß ich, daß die vierte Klasse etwas vorhat."

Wie gern hätte Alice Irmgard wieder mit einer Haarbürste bearbeitet — doch sie wagte nicht einmal, laut zu sprechen!

„Marsch, ins Bett mit dir!" wiederholte sie barsch.

„Habt ihr eine Mitternachts-Party?" bohrte Irmgard weiter. Sie rührte sich nicht von der Stelle. „Ich sah, daß Irene und Britta große Kannen schleppten."

„Du widerliche kleine Schnüfflerin!" sagte Alice und gab Irmgard einen kräftigen Knuff. „Es geht dich gar nichts an, was unsere Klasse tut. Geh zu Bett!"

Irmgard stieß Alices Hand zurück. „Weiß Pöttchen von eurem Fest?" fragte sie, und ihre Stimme klang drohend. „Oder Mademoiselle? Hör mal, Alice, wäre es nicht ein scheußliches Pech für euch, wenn euch jemand verriete?"

Alice schnappte nach Luft. Wollte Irmgard ihr wirklich damit drohen, die Lehrerinnen zu wecken und die ganze Party zu verderben? Sie konnte sich einfach nicht vorstellen, daß jemand so gemein war.

„Alice, laß mich doch bei eurem Fest mitmachen", bettelte Irmgard plötzlich. „Bitte, erlaube es."

„Nein", sagte Alice kurz, und um sich nicht vom Zorn hinreißen zu lassen und Schlimmeres zu sagen, ließ sie Irmgard stehen und holte den Schlüssel. Sie kochte vor Wut. Daß eine aus der ersten Klasse — und noch dazu ihre eigene Kusine! — so unverschämt zu ihr war! Daß sie ihr sogar drohte!

Schnell rannte sie zum Schwimmbad zurück. Von ihrer Begegnung mit Irmgard erzählte sie nichts. Die anderen waren schon vergnügt im Wasser.

„Schade, daß der Mond weg ist", meinte Dolly zu Susanne. „Es sind Wolken davor. Oh, da kommt Alice zurück! Hallo, Alice, du warst aber lange fort. Hast du den Schlüssel?"

„Ja, ich schließe gleich auf", rief Alice. „Clarissa ist hier. Sie hilft mir, die Sachen herauszuholen. Schade, daß es jetzt so dunkel ist."

Plötzlich hörten sie von Westen her ein verdächtiges Grollen: Donner!

„Das klingt nach Gewitter", rief Dolly. „Ich dachte schon, daß eins käme. Es war heute fürchterlich heiß. Höre, Alice, sollten wir nicht lieber jetzt gleich mit der Party beginnen, falls das Wetter heraufzieht?"

„Ja", meinte Alice. „Ach, da ist der Mond wieder, das ist gut!"

Die Mädchen kletterten aus dem Wasser und trockneten sich ab. Als sie lachend und schwatzend herumstanden, sah Dolly plötzlich zwei Gestalten den Pfad von der Schule herunterkommen. Ihr Herz stand fast still. Hatten die Lehrerinnen sie gehört?

Natürlich waren es Betty und Elli. Vera kam gleich hinterdrein. Alle drei blieben sie kurz vor dem Schwimmbecken stehen und gaben sich äußerst erstaunt über diese Versammlung der Vierten vom Nordturm.

„Hört mal, was macht ihr denn?" rief Betty. „Wir glaubten, vom Schwimmbecken her etwas rufen zu hören. Und da kamen wir dann auf die Idee, daß ein mitternächtliches Bad heute herrlich sein müßte."

„Wir haben eine Party", sagte Alice. „Macht doch mit!"

„Ja, kommt!" rief Irene. „Wir haben genug zu essen." Und die anderen sagten dasselbe. Sogar Dolly hieß sie willkommen, denn sie kam gar nicht auf den Gedanken, daß Betty schon von der Party gewußt hatte und mit der Hoffnung hergekommen war, eingeladen zu werden.

Als sie sich alle gemütlich hingesetzt hatten und gerade die Torte anschneiden wollten, donnerte es abermals — jetzt schon viel lauter und viel näher. Gleich darauf blitzte es. Und dann begann es zu regnen: Große Tropfen klatschten auf die Felsen!

„Wir verlegen unsere Party am besten nach drinnen", schlug Dolly vor. „Sonst sind wir bald durchgeweicht."

Betty stieß Alice an. „Sollen wir mitkommen?" flüsterte sie.

„Wir haben eine Party – macht doch mit!"

„Ja. Versucht es", flüsterte Alice zurück. „Dolly hat ja nichts dagegen gesagt." Also sammelten alle, einschließlich Betty, Elli und Vera vom Westturm, schnell das Essen zusammen und stolperten im Dunkeln die Klippe hinauf.

„Wohin bringen wir die Sachen?" fragte Dolly keuchend. „In unseren Gemeinschaftsraum können wir nicht gehen, weil die Vorhänge dort nicht dunkel genug sind. Das Licht würde hinausscheinen."

„Wie wäre es mit dem Gemeinschaftsraum der ersten Klasse?" meinte Susanne. „Der liegt weitab von den Zimmern der Lehrerinnen, und die Fenster sind von der anderen Seite nicht zu sehen."

„Ja. Eine gute Idee", erklärte Dolly, und sofort sagten es alle weiter, daß sie die Party im Gemeinschaftsraum von Klasse 1 halten wollten.

Bald waren alle dort. Dolly schloß vorsichtig die Tür und legte eine Matte davor, damit auch unten kein bißchen Licht hinausscheinen konnte.

Sie setzten sich auf den Boden, ein bißchen kleinlaut, weil das plötzliche Unwetter ihre Pläne gestört hatte. Donner krachte, und Blitze zuckten.

„Hoffentlich ist mein Pferd ruhig", sagte Will und biß in ein Stück Kuchen.

„Ich glaube ...", begann Alice, hielt aber plötzlich inne. Alle horchten auf. Dolly legte den Finger auf den Mund.

Und schon klopfte es leise an die Tür. Dolly erschrak. Wer in aller Welt mochte das sein? Sie gab den anderen ein Zeichen, sich mäuschenstill zu verhalten.

Es klopfte wieder. Diesmal war es ein wenig lauter. Noch sagten die Mädchen nichts und blieben ganz ruhig.

Wieder klopfte es, und es klang für die Nacht viel zu laut.

Liebe Zeit! dachte Dolly, wenn es noch lauter wird, hört es jemand, und dann sind wir verraten!

Evelyn und Marlies waren durch dieses Klopfen ganz erschrocken. Leichenblaß klammerten sie sich aneinander.

„Herein!" rief Dolly schließlich leise, als das Klopfen einmal aufhörte.

Langsam öffnete sich die Tür — und hereinspaziert kam Irmgard! Und hinter ihr, mit zaghafter Miene, Felicitas!

„Irmgard!" rief Alice empört.

„Felicitas!" schnaufte Dolly, die ihren Augen kaum traute.

Wie überrascht sah Irmgard sich um. „Ach", sagte sie, „*ihr* seid es! Felicitas und ich konnten bei dem Gewitter einfach nicht schlafen. Deshalb schlichen wir zu dem Fenster, das aufs Meer hinausgeht. Da fanden wir das hier auf dem Boden!"

Sie hielt drei Plätzchen mit Schokoladenguß in die Höhe! „Wir waren furchtbar überrascht. Dann hörten wir hier drin Geräusche und überlegten, wer wohl in unserem Gemeinschaftsraum wäre — und dachten, da würde sicher eine schöne Mitternachts-Party abgehalten. Deshalb wollten wir euch die Plätzchen bringen, die ihr verloren hattet."

Nach dieser Rede war Schweigen im Zimmer. Alice kochte. Sie wußte, daß Irmgard sie beobachtet hatte, als sie wegen des Gewitters zurückgekommen waren. Sicherlich war sie begeistert gewesen, als sie die Plätzchen fand, weil sie nun einen Vorwand hatte, ohne Einladung zu der Party zu kommen.

„Ach", fing Dolly an, die kaum wußte, was sie sagen sollte. „Danke. Ja — wir haben eine Party. Aber . . ."

„Warum seid ihr dann in unserem Raum?" fragte Irmgard mit Unschuldsmiene und steckte sich eines der drei Plätzchen in den Mund. „Für uns Erstkläßler ist es natürlich eine Ehre, daß ihr ihn für eure Party benutzt. Hm, dieses Plätzchen schmeckt großartig! Ich wollte es eigentlich nicht essen. Entschuldigt!"

Natürlich endete es damit, daß die beiden an dem Fest teilnahmen, obwohl Dolly sich dadurch sehr unbehaglich fühlte. Dabei machte sie sich auch zum ersten Male klar, daß die drei Mädchen aus dem Westturm hier ebenfalls nichts zu suchen hatten. Aber was sollte sie tun? Sie konnte nicht gut sagen: „Hört mal, ihr müßt euch verdrücken! Gewiß, wir haben euch eingeladen, als wir unten im Bad waren — aber jetzt könnt ihr nicht mehr bleiben!" Das hätte zu albern geklungen.

Dolly hatte überhaupt keinen Spaß mehr an der Mitternachts-Party. Sie hätte Irmgard und Felicitas gern weggeschickt; weil sie aber deren Gemeinschaftsraum benutzten und Irmgard die Plätzchen gebracht hatte, schien ihr das zu gemein. Außerdem vermutete sie, daß Alice es vielleicht nicht gern hätte, wenn sie Irmgard wegschickte. Sie hatte keine Ahnung, daß Alice sich bereits alle möglichen Arten von harten Strafen für die unbändige Irmgard ausdachte. Ein Jammer — sie hatten es sich so schön ausgemalt, und nun war alles schiefgegangen.

Und doch wurde es sogar noch schlimmer — sie hörten oben Schritte!

Böses Nachspiel

„Habt ihr gehört?" flüsterte Susanne. „Da kommt jemand! Schnell, sammelt alles ein! Wir wollen verschwinden."

Sie rafften zusammen, was sie in der Eile greifen konnten. Dolly kniete sich hin und fegte mit den Händen Kuchenkrümel unter das Sofa.

Dann knipste sie das Licht aus und öffnete die Tür. Auf dem Flur war alles dunkel. Dort schien niemand zu sein. Wer konnte da oben herumgehen? Im Schlafsaal der Ersten?

Nun bekamen auch Irmgard und Felicitas Angst. Sie rannten sofort weg. Betty, Elli und Vera verschwanden zur Treppe und durch die Seitentür hinaus. Von dort konnten sie ungesehen zum Westturm hinüberhuschen. Die anderen stiegen unter Dollys Führung leise zu ihrem eigenen Schlafsaal hinauf.

Plötzlich blieben sie stehen: Irgendwo in der Nähe hörten sie ein leichtes Hüsteln, ein vertrautes, unverkennbares Hüsteln. Sie standen oben auf der Treppe und wagten kaum zu atmen. Das war Pöttchens Husten! überlegte Dolly. O weh — ob sie uns gehört hat? Aber wir waren doch gar nicht laut!

Hoffentlich waren Betty und die anderen beiden vom Westturm sicher in ihren Schlafsaal gekommen, ohne daß man sie erwischt hatte, hoffentlich! Es galt ja als schwere Übertretung, wenn Mädchen aus dem einen Turm sich nachts mit denen aus einem anderen Turm trafen.

Was tat Pöttchen? Wo war sie? Die Mädchen standen wie erstarrt und warteten auf ein Zeichen zum Weitergehen.

„Sie ist im Schlafraum der dritten Klasse", flüsterte Dolly schließlich. „Vielleicht ist dort eine krank. Ich glaube, wir rennen am besten schnell los. Wir können ja nicht stundenlang hier stehen."

„Gut. Wenn es das nächste Mal donnert, laufen wir los", sagte Susanne leise. Diese Parole wurde weitergeflüstert, und sie warteten sehnsüchtig auf den Donner. Erst kam ein Blitz und beleuchtete deutlich die Gruppe der Mädchen – dann donnerte es.

Es war ein schöner langer, polternder Krach; er übertönte alle Laute, als die Mädchen in ihren Schlafsaal jagten. Sie fielen dankbar in die Betten. Jeder versteckte unten in ihrem Schrank was sie trug: das nasse Badezeug und alles andere.

Kein Fräulein Pott erschien, und sie atmeten auf. Sicherlich war in der dritten Klasse jemand krank geworden. Pöttchen schien noch dort zu sein. Endlich hörten sie, wie die Tür zum Schlafsaal von Klasse 3 leise geschlossen wurde und wie Fräulein Pott ruhig in ihr Zimmer ging.

„Sollen wir die Kakaokannen nicht lieber in die Küche zurückbringen?" flüsterte Irene.

„Nein. Heute nacht wollen wir kein Herumrennen mehr riskieren", sagte Dolly. „Du mußt sie vor dem Frühstück hinunterbringen, sobald die Lehrerinnen in den Speisesaal gegangen sind, auch wenn du dann ein bißchen später kommst. Und wir anderen holen alles übrige Essen heraus, bevor wir hinuntergehen, und verstecken es irgendwo. Welch ein Jammer, daß dieses gräßliche Gewitter kam!"

In dieser Nacht schliefen die Mädchen wie Murmeltiere und konnten am Morgen kaum wach werden. Evelyn und Britta mußten buchstäblich aus den Betten gezerrt werden. Irene schoß mit den leeren Kannen in die Küche hinunter. Die Reste des Kuchens und die übriggebliebenen Kekse wurden eilig in eine Tüte gepackt und in einen Wandschrank unter der Treppe getan. Dann gingen die Mädchen der Vierten mit ernsten und unschuldigen Gesichtern zum Frühstück hinunter.

Felicitas lachte Dolly an. Ihr hatte der nächtliche Ausflug Spaß gemacht. Aber Irmgard lachte Alice nicht an. Deren Gesicht war sehr böse, und Irmgard fühlte sich unbehaglich

Nach dem Frühstück winkte Alice Gaby Reinhard, die Sprecherin der ersten Klasse, zu sich heran.

„Gaby", sagte Alice, „ich bin sehr unzufrieden mit Irmgards Betragen. Sie benimmt sich einfach unmöglich. Die vierte Klasse wird das nicht dulden. Entweder mußt du sie zur Ordnung rufen, oder wir tun es selbst. Es wäre besser, wenn du es tätest."

„Das tut mir leid, Alice", sagte Gaby. „Wir haben schon versucht, sie zur Vernunft zu bringen. Aber sie sagt immer, du würdest uns ausschelten, wenn wir es nicht noch einmal mit ihr versuchten. Doch das haben wir schon oft getan."

„Das glaube ich dir", sagte Alice. „Nun, ich weiß nicht, wie ihr es mit euren Außenseitern haltet, Gaby — wir hatten verschiedene sehr gute Methoden, als ich in der ersten Klasse war. Aber, bitte, unternimm auf jeden Fall etwas."

„Gut, wird gemacht!" sagte Gaby, wobei sie sich sehr wichtig vorkam. Sie zog sofort los, um die Klasse deswegen zusammenzutrommeln.

Irmgard war außer sich, als sie das Urteil ihrer Klasse vernahm: Eine Woche lang sollte sie „geschnitten" werden! Sie fühlte sich schrecklich gedemütigt. Besonders wütend war sie darüber, daß Alice Gaby zu dieser Sache ermächtigt hatte!

Dabei hatte Alice nach den Gesetzen von Möwenfels das volle Recht, so zu handeln. Wenn die Schülerin einer jüngeren Klasse den Zorn einer Älteren erregte, wurde die Sprecherin der Klasse aufgefordert, die Angelegenheit zu regeln. Das tat Gaby auch getreulich und prompt, und wenn sie es außerdem mit Freuden tat, dann deshalb, weil Irmgards freches und anmaßendes Benehmen der ganzen Klasse schon lange nicht mehr paßte. Alle fanden, daß sie einen Dämpfer verdiente. Auch Felicitas mußte feierlich versprechen, nicht mit Irmgard zu reden. Das würde sehr peinlich sein. Aber war sie der Klasse nicht mehr Kameradschaft schuldig als Irmgard? Sie gab ihr Ehrenwort nur mit leiser Stimme, und sie wagte nicht, Irmgard dabei ins Gesicht zu schauen.

Am Abend kam Felicitas mit bekümmerter Miene zu Dolly. „Bitte, Dolly, kann ich mit dir sprechen?" fragte sie. „Es ist etwas Schreckliches geschehen. Die Krümel, die wir heute nacht unter das Sofa fegten, wurden entdeckt. Außerdem zwei Plätzchen. Und Pöttchen hat Gaby ausgefragt, ob in der Nacht Mädchen von unserer Klasse im Gemeinschaftsraum gewesen seien. Pöttchen glaubt, daß sie irgend etwas gehört habe, aber als sie von der Kranken aus der dritten Klasse kam und im Gemeinschaftsraum nachsehen wollte, sei er leer gewesen."

„O weh!" entfuhr es Dolly, aber dann hellte sich ihr Gesicht auf. „Was ist eigentlich dabei? Gaby wird ja fest geschlafen haben und kann nichts davon wissen."

„Sie schlief wirklich — sie sagte Pöttchen auch, daß sie von nichts etwas wüßte und daß unsere Klasse den Schlafraum nicht verlassen hätte", berichtete Felicitas. „Ein paar von uns sind bei dem Gewitter wach geworden, aber offensichtlich hat niemand Irmgard oder mich vermißt."

„Na also, warum machst du dir dann Sorgen?" fragte Dolly. „Du hättest besser nicht mit Irmgard kommen sollen. Ich war fürchterlich erschrocken und gar nicht erfreut, als ich dich sah. In der ersten Zeit solltest du wirklich ein bißchen vorsichtiger sein!"

„Ich weiß", sagte Felicitas. „Irmgard hat mich ins Schlepptau genommen. Wirklich, Dolly, ich kann mir nicht helfen: Sie bringt mich oft zum Lachen, und sie ist dreist und wagt viel. Jetzt soll sie geschnitten werden, und sie ist rein närrisch deshalb. Sie weiß, daß Alice dahintersteckt, und schwört, daß sie es ihr heimzahlen will. Das wird sie auch!"

Die ganze Geschichte schien erledigt — da platzte die Bombe! Am nächsten Tag kam Felicitas abermals aufgeregt und nervös zu ihrer Schwester.

„Dolly, Irmgard will zu Pöttchen gehen und gestehen, daß sie bei der Mitternachts-Party mitgemacht hat", erzählte Felicitas. „Sie meint, ich müßte es auch bekennen."

„Wenn sie das wirklich tut, verpetzt sie uns auch", sagte Dolly wütend. „Wo ist sie jetzt?"

„Sie spielt Klavier — im hintersten Übungszimmer. Sie wird von der Klasse geschnitten, weißt du. Deshalb darf ich nicht mit ihr sprechen. Sie hat mir einen Zettel zugesteckt. Was soll ich nur tun, Dolly? Wenn sie gesteht, muß ich es auch tun. Sonst halten Pöttchen und die anderen mich für feige."

„Ich gehe und rede mit Irmgard", erklärte Dolly und ging stracks zum Musikzimmer. Sie riß die Tür so wütend auf, daß Irmgard aufsprang.

„Sag mal, Irmgard, was steckt hinter deiner plötzlichen Bravheit mit dem ‚Bekennen', wenn es gar nicht nottut?" fauchte sie. „Du weißt genau, daß unsere Klasse Ärger bekommt, wenn du hingehst und petzt!"

„Ich petze nicht", erwiderte Irmgard ruhig, während sie auf dem Klavier die Tonleiter hinauf- und hinunterspielte. „Ich werde nur gestehen, daß ich auf der Party war — aber nicht, wer sie veranstaltet hat. Ich . . . ich will mein Gewissen erleichtern."

„Du bist eine Heuchlerin!" rief Dolly. „Laß endlich diese Tonleiter und höre mir zu."

Irmgard spielte weiter und lächelte spöttisch.

Dolly platzte beinahe vor Wut. Sie schlug Irmgards Hand vom Klavier herunter und riß das Mädchen herum.

„Reg dich wieder ab", sagte Irmgard. „Ich kenne das zur Genüge von meiner lieben Kusine Alice."

Bei dem Namen „Alice" ging Dolly ein Licht auf. Sie wußte mit einem Mal den Grund für Irmgards braves „Bekennen": Sie wollte sich an Alice rächen. Sie wollte ihr Ärger bereiten — und Dolly auch, überhaupt der ganzen vierten Klasse! —, weil Alice sich bei Gaby über sie beschwert hatte.

„Du bist ein ganz hinterhältiges, falsches Ding!" sagte Dolly. „Du weißt genau, daß Pöttchen Untersuchungen anstellt, wenn du ‚bekennst', und daß ich dann unser nächtliches Baden und die Party ebenfalls gestehen muß."

„Und noch ein bißchen mehr!" erklärte Irmgard in aufreizend spöttischem Ton. „Mädchen aus einem anderen Turm waren dabei — oder irre ich mich?"

„Willst du wirklich Betty und die anderen auch noch verraten", fragte Dolly, „nur um Alice eins auszuwischen?"

„Wer wird denn gleich von ‚Verraten' oder ‚Petzen' reden?" antwortete Irmgard und fing wieder an, ihre Tonleiter zu klimpern. „Und wenn mir bei meinem Geständnis beispielsweise Bettys Name entschlüpft — dann ist das nichts als Zufall."

Bei der Vorstellung, daß Irmgard unter dem Deckmantel, sich als braves kleines Mädchen zu geben, alle verpetzen wollte, sah Dolly rot. Sie verlor völlig die Beherrschung, riß Irmgard vom Klavierstuhl hoch und schüttelte sie heftig.

Eine Stimme ließ sie jäh innehalten.

„*Dolly*! Was machst du denn da?"

Ein schwerer Schlag für Dolly

Dolly fuhr wütend herum.

Fräulein Pott stand in der Tür, ein Bild maßlosen Staunens.

Dolly wußte nicht, was sie sagen sollte. Irmgard aber hatte sage und schreibe die Dreistigkeit, sich wieder auf den Klavierstuhl zu setzen und leise zu spielen.

„Irmgard!" rief Fräulein Pott, und beim Tonfall ihrer Stimme riß es auch Irmgard herum.

„Komm mit mir, Dolly", sagte Fräulein Pott. „Und du ebenfalls, Irmgard."

Sie folgten ihr zum Konferenzzimmer der Lehrerinnen, wo Mademoiselle Hefte korrigierte. Erstaunt sah sie auf das zornige Fräulein Pott und die beiden Mädchen.

„Nanu?" rief Mademoiselle. „Ich gehe. Ich will nicht stören, Fräulein Pott." Schnell suchte sie ihre Hefte zusammen und verließ hastig das Zimmer.

Fräulein Pott schien sie überhaupt nicht wahrgenommen zu haben. Sie setzte sich und sah Dolly und Irmgard streng an.

„Was hattet ihr zwei miteinander?" fragte sie.

Dolly schluckte schwer. Sie schämte sich bereits. Eine Klassensprecherin — und dann so jähzornig werden! „Fräulein Pott — Irmgard möchte Ihnen etwas sagen", begann sie schließlich.

„Was willst du sagen?" forschte Fräulein Pott und sah Irmgard kühl an.

„Ach, Fräulein Pott — ich möchte nur gestehen, daß ich auf einer Mitternachts-Party gewesen bin", sagte Irmgard.

„Gaby hat mir aber erklärt, daß keine von euch in der Nacht den Schlafsaal verlassen hätte", sagte Fräulein Pott und fing an, mit ihrem Kugelschreiber auf dem Tisch zu trommeln — was bei ihr immer ein Alarmzeichen war.

„Ich weiß. Es hatte nichts mit der ersten Klasse zu tun", sagte Irmgard leise.

„Nach Dollys Gesicht zu schließen, war es eine Sache der vierten Klasse", meinte Fräulein Pott.

Dolly nickte kläglich. „Nur die vierte Klasse und du, Irmgard, wahrscheinlich?" fragte Fräulein Pott.

„Ach ... ein paar andere auch noch", sagte Irmgard und tat, als zögere sie. „Aus meiner Klasse noch eine. Ich will ihren Namen nicht nennen."

„Felicitas war dabei", sagte Dolly. „Ich übernehme die Verantwortung dafür. Sie wollte nicht kommen. Und, Fräulein Pott — Betty Hiller und Elli und Vera waren auch dabei."

Fräulein Pott sagte eine Weile gar nichts. Aber sie sah sehr böse aus.

„Mädchen aus einem anderen Turm?" fragte sie schließlich. „Ich denke doch, du kennst die Vorschrift, Dolly? Und wieso konntest du die beiden Mädchen aus der ersten Klasse auch einladen? Natürlich — Felicitas ist deine Schwester ... aber ..."

„Ich hatte sie nicht eingeladen", sagte Dolly. „Und ... und die Mädchen aus dem Westturm eigentlich auch nicht."

„Laß die Wortklauberei und die Ausflüchte", sagte Fräulein Pott ungeduldig. „Das sieht dir gar nicht ähnlich, Dolly. Ich nehme an, du hast mit Irmgard gestritten, weil sie beichten wollte."

Dolly wagte nicht zu sprechen, sie nickte nur. „Es tut mir leid, daß ich mich so benahm", sagte sie endlich zerknirscht. „Ich dachte, ich hätte meinen Jähzorn besiegt, aber das stimmt nicht. Es tut mir leid, Irmgard, daß ich dich so schüttelte."

Bei dieser Entschuldigung geriet Irmgard ein wenig aus der Fassung. Aber sie war sehr dreist und von sich selbst überzeugt. Sicher hatte sie bei Pöttchen nun einen Stein im Brett, weil sie sich selbst angezeigt hatte! Dolly war in eine peinliche Lage gebracht, und Alice und die anderen würden auch noch Ärger bekommen ... Sie aber, Irmgard, kam ungestraft davon!

„Du kannst gehen, Irmgard", sagte Fräulein Pott plötzlich. „Ich glaube nicht, daß ich bis jetzt alles durchschaue. Dolly hat sicher kein Recht, dir gegenüber so heftig zu werden — aber sie wird niemals jähzornig, wenn nicht eine ernste Sache sie wütend macht. Ich neige dazu, in deiner plötzlichen Geständnisfreudigkeit einen falschen Ton zu vermuten. Du kannst sicher sein, daß ich noch herausfinden werde, ob du zu loben oder zu tadeln bist."

Erschrocken lief Irmgard aus dem Zimmer.

Fräulein Pott sah Dolly ernst an. „Dolly, du weißt doch,

daß du die Verantwortung dafür übernehmen mußt, wenn Mädchen aus einem anderen Turm nachts hierherkamen, nicht wahr?" fragte sie. „Und ich kann unmöglich dein Betragen gegen Irmgard im Musikzimmer durchgehen lassen. Wie sie dich auch gereizt haben mag, es entschuldigt dich nicht."

„Ich weiß", sagte Dolly jämmerlich. „Ich bin keine gute Klassensprecherin, Fräulein Pott. Ich gebe das Amt lieber auf."

„Nun, entweder du verzichtest von selbst, oder es wird dir abgenommen", sagte Fräulein Pott traurig. „Einstweilen muß Susanne Sprecherin sein — so lange, bis wir glauben, daß wir dir die Verantwortung wieder übertragen können. Wenn du dich selbst nicht in der Gewalt hast, kannst du auch nicht auf andere aufpassen."

Bald war die Nachricht in der ganzen Schule bekannt. „Wißt ihr schon? Dolly Rieder ist als Klassensprecherin zurückgetreten. Es hat einen ganz schrecklichen Spektakel gegeben . . . Irgend etwas mit einer Mitternachts-Party, und sie hat tatsächlich Mädchen aus einem anderen Turm eingeladen . . . und auch noch welche aus der ersten Klasse. Schrecklich! Stellt euch nur vor, daß ausgerechnet Dolly Rieder solche Schande erlebt!"

Auch Felicitas erfuhr es und erschrak furchtbar. Sie ging sofort zu Irmgard und vergaß ganz, daß sie ja „geschnitten" wurde.

„Bist du etwa hingegangen und hast uns verpetzt?" fragte sie in scharfem Ton. „Oder was ist geschehen?"

Triumphierend erzählte Irmgard ihr alles von Anfang bis zu Ende. „Das hat die vierte Klasse davon, daß sie mir eins auswischen wollte und mich in den Klassenbann schickte!" sagte sie. „Ich habe es Alice hübsch zurückgezahlt. Und du hättest nur Dollys Gesicht sehen sollen, als sie mich schüttelte und Fräulein Pott dazukam! Ich freue mich, daß sie nicht länger Klassensprecherin ist. Geschieht ihr recht!"

Felicitas traute ihren Ohren kaum. Sie zitterte am ganzen Leibe.

Irmgard bemerkte es erstaunt. „Was ist denn los?" fragte sie. „Du bist doch meine Freundin, oder etwa nicht?"

„Das war ich. Hast du denn vergessen, daß Dolly meine Schwester ist?" sagte Felicitas mit erstickter Stimme.

Irmgard starrte sie an. Das hatte sie tatsächlich vergessen!

„Ich fühle mit Dolly ... Ich möchte dich auch schütteln und dich schlagen, du abscheuliches falsches Biest!" rief Felicitas. „Ich werde jetzt zu Gaby gehen und ihr alles genau erzählen, was du mir gesagt hast. Das ist kein Petzen, sondern ein Bericht über eine Schlechtigkeit, die man kaum für wahr halten möchte! Pfui! Du solltest von der Schule gewiesen werden. Wie konnte ich nur jemals *dich* als Freundin haben wollen!"

So kam die Freundschaft zwischen Felicitas und Irmgard zu einem jähen Ende und wurde niemals erneuert. Felicitas stöberte Steffi auf, und die gab ihr den Trost, den sie brauchte. Irmgard hätte sich selbst ohrfeigen können, weil sie vergessen hatte, daß Felicitas Dollys Schwester war. Aber das Unglück war geschehen. Felicitas hatte Irmgards wahres Gesicht gesehen, und es gefiel ihr ganz und gar nicht.

Die vierte Klasse war über die Ereignisse entsetzt. Alle hielten zu der armen Dolly. Sogar Evelyn sagte ihr ein paar nette Worte.

Freilich war deren Freundlichkeit nur äußerlich. Unmittelbar nachdem sie Dolly erklärt hatte, wie leid es ihr tue, vertraute sie Clarissa an, in Wahrheit überrasche es sie gar nicht, daß Dolly in Ungnade gefallen sei.

„Ich habe dir doch erzählt, wie sie mich einmal geschlagen hat", meinte sie. „Und einmal hat sie Susanne ganz niederträchtig lang hingeworfen. Es wird ihr guttun, wenn sie einmal eins aufs Dach kriegt. Ich habe Dolly nie gemocht."

Clarissa sah Evelyn mit plötzlichem Widerwillen an. „Wie kannst du das sagen, nachdem du ihr gerade versichert hast, daß sie dir leid täte und daß du alles tun würdest, um ihr zu helfen?" fragte sie. „Ich finde das gemein, Evelyn."

Und zu Evelyns größter Überraschung drehte die sanfte, schwächliche Clarissa ihr den Rücken zu und ging fort. Es hatte Clarissa viel gekostet, das zu sagen, und sie weinte, als sie wegging.

Sie stieß auf Will, die gerade zum Reiten loszog. „Hallo, Clarissa, wohin gehst du und warum weinst du?" rief Will erstaunt. „Was ist los?"

„Ach, nichts", antwortete Clarissa, die nichts gegen Evelyn sagen wollte.

Will kannte gegen Traurigkeit nur ein Heilmittel: Reiten! Das bot sie Clarissa jetzt an: „Komm mit zum Reiten. Es ist jetzt himmlisch. Du sagtest doch, daß du reiten darfst, wenn du magst. Ich weiß, daß noch ein Pferd frei ist. Fräulein Peters kommt auch."

Ein anderes Mal hätte Clarissa wohl nein gesagt, weil es ihr schwerfiel, etwas Neues zu beginnen, und in Möwenfels war sie bisher noch nicht geritten. Aber nun, von Wills ehrlicher Freundlichkeit gerührt und in dem Wunsch, von Evelyn wegzukommen, nickte sie.

„Ja. Ich ziehe mir schnell die Reithosen an. Bitte warte auf mich."

Und zu Evelyns ungeheurer Überraschung galoppierten eine Viertelstunde später Fräulein Peters, Will und Clarissa auf der Klippe an ihr vorbei. Sie ritten schnell und riefen sich fröhlich zu . . . Clarissa! Evelyn hatte gar nicht gewußt, daß sie Reitsachen mit hatte. Aber da ritt sie nun mit dieser gräßlichen Will und dem noch gräßlicheren Fräulein Peters! Evelyn konnte es gar nicht fassen.

Susanne wurde vorläufig Klassensprecherin.

„Ich werde in Wirklichkeit das Amt mit dir teilen", sagte

sie zu der kleinlauten Dolly. „In allen Dingen werde ich dich um Rat fragen. Und ich wette, du wirst bald wieder Sprecherin sein. Frau Greiling hat ausdrücklich betont, ich wäre nur vorläufige Sprecherin."

Dolly schrieb ihren Eltern. Sie würden über die bösen Nachrichten sicherlich traurig sein, aber sie mußten davon wissen. „Ich dachte, ich müßte es Euch berichten, ehe Ihr Felicitas und mich besucht", hieß es in ihrem Brief. „Sprecht bitte nicht darüber, wenn Ihr hier seid, sonst muß ich heulen. Ein Gutes aber hat das Ganze doch: Felicitas ist nicht mehr mit dem schrecklichsten Mädchen ihrer Klasse befreundet, sondern mit dem nettesten — mit Steffi."

Die Freundschaft ihrer Klasse tat Dolly sehr wohl. Die Zwillinge hatten sich äußerst kameradschaftlich benommen, dachte sie, obgleich Ruth wie üblich stumm geblieben war — nur Conny hatte geredet. Und Clarissa hatte fast geweint, als sie zu Dolly kam.

„Ich finde, Clarissa ist sehr nett. Wenn sie nur ihre Schüchternheit überwinden könnte", sagte Dolly zu Susanne. „Ich mag sie gern. Was für schöne grüne Augen sie hat — wie Wasser in einem Teich."

Susanne lachte. „Du redest ganz poetisch. Aber ich kann Clarissa auch gut leiden. Evelyn scheint übrigens nicht recht zu wissen, was sie davon halten soll, daß Clarissa jetzt immer mit Will ausreitet. Ich wußte gar nicht, daß Clarissa eine so begeisterte Reiterin ist. Sie und Will schwatzen unentwegt über Pferde — und Evelyn steht dabei mit belämmertem Gesicht und versucht mitzureden."

„Nächste Woche ist der Besuchstag!" sagte Dolly. „Ach, Susanne, als ich so stolz war, Klassensprecherin zu sein, habe ich es mir nicht träumen lassen, daß ich mein Amt noch vor diesem Tag verlieren würde!"

Evelyns armes Herz

Für das Wochenende, an dem die Eltern zu Besuch kamen, wurden alle möglichen Sachen geplant und vorbereitet: ein Tennis-Match der vier besten Spielerinnen, Schwimm- und Tauchwettbewerbe und eine Vorführung von Volkstänzen.

„Und hinterdrein", sagte Diana düster, „hinterdrein die Prüfungen! Mir ist ganz schlecht, wenn ich daran denke!"

„Denke lieber daran, wie erleichtert du dann sein wirst!" meinte Britta.

„Ja — wie nach einem Besuch beim Zahnarzt", warf Clarissa ein. „Vorher ist man ganz trübselig, und danach fühlt man sich glücklich und erlöst."

Alle lachten. Sie wußten, daß Clarissa schlimme Stunden beim Zahnarzt gehabt hatte.

Clarissa war mit Will weggeritten, und Evelyn kam sich ganz ausgestoßen vor. Clarissa war eine hervorragende Reiterin und wurde anscheinend mit jedem Pferd in den Ställen fertig — und sie hatte sogar auf Donner reiten dürfen!

Evelyn fand die ewigen Pferdegespräche zwischen den beiden uninteressant. Als Will gerade wieder anfangen wollte, eine lange Geschichte von „Blitz" zu erzählen, dem Pferd eines ihrer Brüder, schaltete sich Evelyn einfach ein.

„Höre, Clarissa", sagte sie, „weißt du, daß wir heute nachmittag spazierengehen wollten?"

„Jetzt nicht", sagte Clarissa. „Du, Will, ich muß dir einfach erzählen, wie meines Vaters alte Stute einmal . . ."

So ging es endlos, bis Evelyn fast verzweifelte. Wäre Clarissa doch bloß damals nicht weggegangen und jenes erste Mal mit Will ausgeritten!

Allmählich fing Evelyn an, sich vor der bevorstehenden Prüfung zu fürchten. Sie war in den meisten Fächern sehr schwach, und weil sie immer andere für sich lernen ließ und nur abschrieb, arbeitete ihr eigenes Gehirn nur langsam, wenn sie selbst einmal nachdenken mußte. Und die Prüfungsarbeiten mußte sie ohne fremde Hilfe schreiben. Sie wußte genau: Fräulein Wagner würde darauf achten, daß sie, Evelyn, weit genug von jeder anderen weg saß, damit sie nicht abschreiben konnte!

Bei dem Gedanken, daß sie vielleicht als einzige durchfiel, war ihr unbehaglich zumute — welche Schande würde das sein! Von ihrem Papa stand ihr dann gewiß ein schreckliches Donnerwetter bevor. Ihre Mama würde weinen, und ihre alte Privatlehrerin würde bekümmert dreinschauen und wahrscheinlich alle Schuld auf sich nehmen, weil sie Evelyn früher nicht besser unterrichtet hatte. Ach, warum wurde nur auf diese gräßliche Prüfung soviel Wert gelegt?

Evelyn erwog ernsthaft, ob sie nicht vielleicht an die Bogen mit den Prüfungsfragen herankommen und einen heimlichen Blick darauf werfen könnte — aber sie wußte, daß sie immer eingeschlossen waren. Evelyn dachte nicht etwa: Es wäre ein Unrecht — sie dachte bloß: Es ist albern von mir anzunehmen, daß ich eine Gelegenheit hätte, sie einzusehen!

Ob sie sich krank stellte? Konnte sie nicht über Hals- und Kopfschmerzen klagen? Nein — die Hausmutter würde ihr einfach nicht glauben, sondern ihr Fieber messen und sagen: „Meine liebe Evelyn, du leidest wie gewöhnlich an Einbildung." Und ihr dann eine fürchterliche Arznei geben.

Voller Neid dachte sie an Clarissas schwaches Herz. So etwas müßte man haben — eine Sache, die einen vom Turnen und von diesem schrecklichen Sport befreite! Das war wirklich etwas wert. Leider befreite es einen nicht auch vom Unterricht.

Eine Weile dachte Evelyn über schwache Herzen nach, und langsam entstand in ihr ein Plan. Warum sollte sie nicht verbreiten, daß sie Herzschmerzen hätte? Sie legte ihre Hand dorthin, wo sie ihr Herz vermutete, und setzte eine tödlich erschrockene Miene auf. Was sollte sie sagen? „Ach, mein Herz flattert wieder. Wenn es das doch nur nicht immerzu täte! Mir wird dann jedesmal so merkwürdig. Warum bin ich auch bloß so schnell die Treppe hinaufgelaufen!"

Je mehr sie darüber nachdachte, desto besser gefiel ihr diese Idee. Zum nächsten Wochenende kamen die Eltern. Falls sie diese Geschichte mit ihrem schwachen Herzen gut genug verbreitete, erfuhren es ihre Mama und ihr Papa gewiß. Sie würden sie mit nach Hause nehmen. Dann versäumte sie die Prüfungen, die bald danach stattfanden!

Bei diesen Gedanken begann Evelyns Herz heftig zu schlagen. Und weil es vor Erregung so schnell ging, wurde sie unruhig. Wenn sie nun wirklich einen Herzfehler hatte? Nein — sie war nur so aufgeregt über ihre wundervolle, schlaue Idee.

Schritt für Schritt machte Evelyn den anderen klar, daß sie sich nicht wohl fühlte. „Nichts Schlimmes", sagte sie zu Clarissa und Will. „Du wirst am besten wissen, wie ich mich fühle, Clarissa — es ist eine Art Herzflattern! Warum bin ich auch vorhin die Treppe so schnell hinaufgelaufen!"

Clarissa hatte sofort Mitleid. Sie wußte, wie krank ein schwaches Herz jemand manchen konnte. „Willst du es nicht Fräulein Wagner sagen?" fragte sie. „Oder Fräulein Pott? Oder der Hausmutter?"

„Nein", antwortete Evelyn und setzte eine betont tapfere Miene auf. „Ich will kein Aufhebens davon machen. Außerdem, weißt du, sind ja bald die Prüfungen. Die darf ich nicht versäumen."

Wären Alice, Susanne oder Dolly in der Nähe gewesen, hätten sie das mit Gelächter quittiert. Will und Clarissa aber hörten ernsthaft zu.

„Ich finde doch, daß du etwas davon sagen müßtest", meinte Clarissa. „Wenn du das gleiche durchgemacht hät-

„Ma petite! Arme Kleine, was hast du?" fragte Mademoiselle

test wie ich — wochenlang liegen, nichts tun können, nicht reiten und schwimmen dürfen, und das waren meine liebsten Sportarten —, dann würdest du nicht wagen, mit einem anfälligen Herzen leichtsinnig zu sein."

Wenn Evelyn eine aus der Klasse oben an der Treppe entdeckte, rannte sie schnell hinauf. Oben angekommen, legte sie die Hand auf die linke Seite, hängte sich übers Geländer und stöhnte.

„Seitenstechen?" fragte Alice dann ohne Mitleid. „Bück dich und faß die Zehen an, Evelyn. Ach so — du bist zu ungelenk dafür, nicht wahr?"

Marlies aber fragte: „Was ist los, Evelyn? Wieder dein Herz? Du solltest wirklich etwas dagegen tun!"

In Gegenwart von Fräulein Wagner oder Fräulein Pott führte Evelyn solche Szenen nicht auf. Sie wußte, daß sie keinen Erfolg damit haben würde. Aber bei Mademoiselle versuchte sie es.

Mademoiselle war ganz aufgeregt, als sie eines Morgens Evelyn in der Nähe ihres Zimmers oben auf der Treppe sitzen fand, die Hand aufs Herz gepreßt und laut stöhnend.

„*Ma petite!* Meine arme Kleine! Was hast du?“ rief sie. „Bist du verletzt? Wo?“

„Es ... es ist schon gut, Mademoiselle“, keuchte Evelyn. „Es ist nichts ... nur mein dummes Herz. Wenn ich laufe oder etwas Anstrengendes tue ... dann ... dann schlägt es so komisch!“

„Du hast Herzklopfen! Dann bist du blutarm!“ rief Mademoiselle. „Das war bei mir auch so, als ich fünfzehn war. Komm mit zur Hausmutter. Sie wird dir eine gute Arznei geben, die dein Blut frisch und rot macht.“

Aber Evelyn wollte ihr Blut nicht „frisch und rot“ gemacht bekommen. Das war das Allerletzte, was sie wünschte. Sie stand schnell auf und lächelte Mademoiselle an.

„Jetzt ist es schon vorbei!“ sagte sie. „Es ist keine Blutarmut, Mademoiselle — ich bin nie blutarm gewesen. Es ist nur mein dummes Herz. Ich fürchte, das liegt bei uns in der Familie.“

Das stimmte ganz und gar nicht, doch Evelyn sagte es, um Mademoiselle zu überzeugen, daß ihr Herz und nicht ihr Blut in Unordnung war. Mademoiselle riet Evelyn, am Nachmittag dann lieber nicht Tennis zu spielen.

Evelyn war erfreut. Doch als sie es genau bedachte, beschloß sie, es sei besser, doch zu spielen, weil Susanne vielleicht nicht an das kranke Herz glaubte. Sicherlich würde Mademoiselle früher oder später darüber sprechen — und dann würde ihre Mama sie, Evelyn, ängstlich danach fragen. Und wenn sie ihre Karten nur richtig ausspielte, nahm ihre ängstliche und erschrockene Mutter sie sofort mit nach Hause!

An den Kummer und die Sorge ihrer Eltern durch ihre törichte Schwindelei dachte Evelyn nicht. Sie wollte nur den Prüfungen entgehen. Wenn sie sich etwas in den Kopf gesetzt hatte, handelte sie ganz ohne Bedenken.

Sicherlich nimmt Mama mich mit nach Hause — überlegte sie. Ich glaube wirklich nicht, daß ich mich mit der Paukerei für die Prüfungen plagen muß. Das wäre nur Zeitverlust. Wenn ich die anderen ansehe, wie sie jeden Tag stöhnen und jammern, Sprachen büffeln und Mathematik und Geschichte und alles andere! Nein — ich tue es nicht.

Und zur allgemeinen Überraschung hörte Evelyn plötzlich auf zu arbeiten und faulenzte.

„Hast du keine Angst, daß du furchtbar schlechte Arbeiten schreibst?" fragte Margot, die sich schrecklich vor der Prüfung fürchtete und wirklich sehr arbeitete.

„Ich werde mein Bestes tun", versicherte Evelyn. „Mehr als arbeiten kann ich nicht. Wenn du mein scheußliches Herz hättest, weißt du ... es macht mir zu schaffen, wenn ich mich zu sehr anstrenge!"

Margot glaubte zwar nicht an dieses schlimme Herz, aber sie stand vor einem Rätsel, warum Evelyn ihre Zeit so vergeudete, anstatt sich auf die Prüfung vorzubreiten.

Zu jedermanns Erstaunen war es Conny, die den Nagel auf den Kopf traf! Sie verachtete die schwächliche, faule Evelyn. Sie selbst war ein herrisches, willensstarkes Mädchen, und sie konnte Evelyns Stöhnen und Nörgeln nicht vertragen. Aus irgendeinem Grund war sie schon seit Tagen gereizt, und eines Nachmittags brach ihre schlechte Laune über Evelyn herein.

Evelyn war in den Gemeinschaftsraum gekommen und in einen Stuhl geplumpst. Alle büffelten wie gewöhnlich für die Prüfung und hielten die Köpfe über die Bücher gebeugt.

„Ich darf wirklich nicht wieder so schwer schleppen", fing Evelyn mit weinerlicher Stimme an. Niemand nahm Notiz davon, außer durch Stirnrunzeln.

„Ich mußte Pöttchen helfen, Bücher in die Bibliothek zu bringen", redete Evelyn weiter. „Große, schwere Stöße! Und nun flattert mein Herz wie nur was!"

„Hör auf!" rief Conny. „Wir arbeiten."

„Deshalb brauchst du nicht so grob zu sein", sagte Evelyn. „Wenn du so ein Herz hättest wie ich ..."

Da platzte Conny. Sie stand auf und stellte sich vor die erstaunte Evelyn.

„Du hast überhaupt kein Herz, weder ein schwaches noch sonst eins!" sagte sie. „Du stellst das alles nur an, um der Prüfung zu entgehen. Ich durchschaue dich. Deshalb arbeitest du nicht — stimmt's? Du verläßt dich darauf, daß du mit dem angeblich kranken Herzen davonkommst — auf irgendeine Weise. Aber laß mich dir das sagen: Mich kümmert's nicht für einen Sechser, ob du die Prüfung machst oder nicht und ob du arbeitest oder nicht — aber mich kümmert meine eigene Arbeit. Und den anderen geht es genauso. Deshalb hör auf mit deinem albernen Herzen und verschone uns mit deinem Seufzen und Stöhnen, bis die Prüfungen vorüber sind."

Damit ging Conny zu ihrem Platz zurück. Die anderen waren alle bestürzt — zu bestürzt, um etwas zu sagen. Sie fühlten, daß Conny recht hatte.

„Du bist nicht nur gemein, sondern auch grausam!" rief Evelyn mit zitternder Stimme. „Hoffentlich fällst du durch! Und das wirst du auch — paß mal auf! Du bekommst nur gute Noten, weil du immer von Ruth abschreibst. Das wissen wir alle. Sie wird durchkommen und du nicht. Ich finde dich gemein!" Sie brach in Tränen aus, stand auf und verließ das Zimmer. Die Tür knallte sie laut hinter sich zu.

Die Mädchen sahen sich an.

Alice schnitt ein Gesicht. „Nun, ich glaube, daß Conny recht hat — obgleich du ein bißchen grob warst, nicht wahr, Conny?"

„Nicht gröber, als du manchmal bist", antwortete Conny ärgerlich. „Jedenfalls laßt uns jetzt weiterarbeiten. Nicht alle von uns sind so wie du, Alice — daß sie mit Leichtigkeit über alles weggleiten und ohne Mühe lernen. Du begreifst nicht, wie schwer manchen die Arbeit fällt."

Stille herrschte im Zimmer, als die Mädchen von neuem arbeiteten, lasen, rechneten, auswendig lernten. Nur Clarissa und Marlies waren ernstlich in Sorge um Evelyn. Clarissa glaubte noch an das schwache Herz, und Marlies hatte immer Mitleid, wenn jemand weinte.

Ursache von Evelyns Tränen aber war nicht die Sorge, sondern die Wut. Diese schreckliche Conny! Wenn sie ihr nur die unfreundlichen Worte vergelten könnte! Und hoffentlich hatte Conny ihr nicht den ganzen schönen Plan zerstört!

Besuch

Endlich war das Wochenende da, an dem die Eltern Möwenfels besuchen konnten. Es war ein richtig schöner Tag, mit hellem Sonnenschein und frischem Wind. In der Küche wurde schon fleißig gearbeitet, um riesige Vorräte für den großen Nachmittagskaffee der Schule vorzubereiten. Alle Mädchen warteten aufgeregt auf den Besuch.

Evelyn hatte fest damit gerechnet, daß Clarissas Angehörige kämen, und hatte sich vorgenommen, sie ihren Eltern vorzustellen. Da erfuhr sie plötzlich, daß Will und Clarissa am Besuchstag gemeinsam einen Ausflug planten!

„Zwei von meinen Brüdern kommen mit meinen Eltern her", erzählte Will. „Die anderen fünf sind zur Zeit gerade auf dem Gut meines Onkels eingeladen. Wir werden oben auf dem Langen Berg essen und später in dem kleinen See baden, bevor wir zu dem Tennisspiel wieder herkommen."

Evelyn lauschte erstaunt. „Was werden aber Clarissas Eltern dazu sagen?" fragte sie. „Wollen sie Clarissa nicht für sich selbst haben?"

„Leider könne sie am Samstag noch nicht kommen", erklärte Clarissa. „Vielleicht am Sonntag — wenigstens Mutter will es versuchen, wenn Vater keine Zeit hat. Sie haben immer sehr viel zu tun, weißt du."

„Deswegen habe ich Clarissa gebeten, mit uns zu kommen", sagte Will.

Evelyn war eifersüchtig. Hätte sie das gewußt, hätte Clarissa natürlich den Tag mit ihr verbringen können.

„Nun, du hättest es wirklich *mir* erzählen sollen, daß deine Eltern am Samstag nicht kommen", sagte sie. „Du weißt ja, wie ich mich gefreut hätte, wenn du mit meinen Eltern und mir zusammengewesen wärst."

Clarissa schaute verlegen drein. Sie hatte Evelyn absichtlich nichts erzählt, weil sie so sehr gern mit Will und ihren Brüdern gehen wollte — es waren ja alles nette, pferdenärrische Menschen. Aber das konnte sie Evleyn nicht erklären. Deshalb war sie extra nett zu ihr, um das Versäumnis gutzumachen, und versprach, Evelyns Eltern zu begrüßen, wenn sie ankamen.

„Du mußt meine Herzschmerzen vor ihnen erwähnen", sagte Evelyn. „Ich selbst möchte nicht darüber reden."

„Natürlich werde ich das tun", sagte Clarissa, die immer noch an Evelyns schwaches Herz glaubte.

Also wurde an dem Besuchstag Clarissa zu Evelyns Mutter und Fräulein Winter, ihrer freundlichen alten Lehrerin, geführt. Evelyns Vater war nicht gekommen.

Frau Lessing sprach gerade mit einer anderen Mutter. Clarissa setzte sich mit Evelyn ins Gras und wartete, bis sie fertig waren. Dollys Mutter war in der Nähe, und Dolly machte Clarissa mit ihr bekannt.

Bald hörten sie Evelyn mit ihrer Mutter und Fräulein Winter reden. „Nun, mein Liebes", sagte die Mutter zärtlich, „was hat meine gute Evelyn in dieser Schulzeit getrieben? Bist du in die Tennismannschaft gekommen?"

„Aber nein, Mama", sagte Evelyn. „Beinah hätten sie mich gewählt — aber dann beschlossen sie, nur Mädchen aus der fünften und sechsten Klasse zu nehmen."

„Wie dumm", sagte Fräulein Winter. Sie war der Meinung daß Evelyn sicherlich besser als jedes Mädchen aus der Fünften oder Sechsten gewesen wäre.

„Und beim Schwimmen — machst du da mit?" fragte ihre Mutter.

„Nein, heute schwimme ich nicht", sagte Evelyn. „Weißt du, Mama, da spielen zuviel Neid und Mißgunst mit. Den Besten gibt man oft keine richtige Chance. Aber mir macht es nichts aus."

Clarissa hörte diese Unterhaltung, obgleich sie gerade mit Frau Rieder, Dollys Mutter, sprach. Sie war entsetzt. Was bezweckte Evelyn mit solchen Lügen?

Clarissa war ordentlich froh darüber, daß sie sich mit der ehrlichen, geraden Will verabredet hatte, statt daß sie bei Evelyn und ihrer albernen gutgläubigen Mama bleiben mußte. Sie erkannte deutlich, warum Evelyn so war, wie sie war. Diese Mutter hatte sie verdorben, hatte sie vergöttert, ihr jedes Wort geglaubt, das sie sagte; sie war es wahrscheinlich und auch diese rührende kleine Lehrerin, die Evelyn zu solch einem egoistischen, verlogenen und unglaubwürdigen Mädchen gemacht hatten!

Clarissa konnte einfach nicht hin und mit Evelyns Mutter sprechen, nachdem sie diese Lügen gehört hatte. Clarissa war weich und in mancher Beziehung auch schwach, aber sie war ehrlich. Deshalb war sie jetzt wirklich erschrocken.

Sie stand auf, um sich unbemerkt davonzudrücken. Doch Evelyn sah sie und zog sie wieder heran, so daß sie Evelyns Mutter und die Lehrerin anlächeln und begrüßen mußte.

„Ich kann leider nicht bleiben", sagte Clarissa eilig. „Wills Familie ist gekommen, und ich möchte nicht, daß sie meinetwegen wartet."

Evelyn sah sie inständig an, und Clarissa wußte, was das bedeutete: „Sag etwas wegen meines Herzens!" Aber ach, sie merkte plötzlich, daß sie nicht länger an Evelyns schwaches Herz glaubte. Sie war jetzt überzeugt, daß das auch nur eine Lüge war — genauso wie sie vor ein paar Minuten ihre Mutter angeschwindelt hatte.

„Bist du denn bei den Mannschaften vom Tennis oder Schwimmen?" erkundigte sich Frau Lessing, und ihre großen hellblauen Augen, die Evelyns ähnelten, blickten in Clarissas kleines Gesicht.

„Nein, leider nicht", antwortete Clarissa.

„Weißt du, die arme Clarissa hat ein schwaches Herz", sagte Evelyn schnell. Sie fand, das war eine gute Einleitung für Clarissa, wenn sie die Rede auf Evelyns eigenes Herz bringen wollte. Aber Clarissa sagte kein einziges Wort.

„Armes Kind!" erklärte Frau Lessing. „Welch ein schreckliches Leiden für ein junges Mädchen. Ich bin froh, daß Evelyn ein kerngesundes Herz hat."

Evelyn sah Clarissa verzweifelt an. Das war doch ganz gegen die Abmachung! Sie stieß sie kräftig an, aber Clarissa erwähnte immer noch nichts von ihrem schwachen Herzen. Evelyn wurde zornig. Clarissa blieb stumm. Mit rotem Gesicht stand sie da; sie überlegte, wie sie in aller Welt von Evelyn und ihrer närrischen Mutter wegkommen konnte.

Da kam Wills Ruf ihr zu Hilfe: „Clarissa, kommst du endlich? Wir sind fertig!"

„Ich muß gehen", sagte Clarissa unruhig und stand auf. „Leben Sie wohl, Frau Lessing."

„Aber Clarissa!" rief Evelyn hinter ihr her, enttäuscht und zornig, daß Clarissa nicht getan hatte, was sie doch tun sollte.

„Wer sagst du, war dieses Mädchen?" fragte Frau Lessing. „Ich verstand ihren Namen nicht."

„Es ist Clarissa Hartenstein", sagte Evelyn ärgerlich. Das „Edle von und zu" ließ sie jetzt weg. „Warum ist sie nur so davongestürzt? Ich finde das unhöflich!"

„Ein ganz und gar nicht hübsches Kind", erklärte Frau Lessing. „Und Manieren hat sie auch nicht. Evelyn, ich hoffe, daß du nicht mit ihr befreundet bist."

„Aber nein, Mama", sagte Evelyn und nahm sich vor, nach Clarissas Versagen an diesem Morgen nie mehr freundlich zu ihr zu sein. „Ich mag sie überhaupt nicht. Sie sieht wirklich nicht gut aus, wie du ganz richtig sagst — fast schon häßlich. Sie ist auch nicht sehr klug und ziemlich unbeliebt."

„Das glaube ich", sagte Fräulein Winter. „Sie muß wirklich sehr schlecht erzogen sein. Wenn ich sie mit Evelyn vergleiche — ach!" Evelyn sonnte sich in ihrem Lob. Sie hielt scharf nach Madmoiselle Ausschau; die war jetzt ihre einzige Hoffnung.

Der schöne Tag verging viel zu schnell. Die Tennismannschaft bekam viel Beifall. Die Schwimmerinnen und Taucherinnen wurden ebenfalls sehr bewundert. Später gab es auf der grasbewachsenen Bühne mitten in dem großen Hof eine Tanzvorführung. Die Mütter und Väter saßen auf den Steinbänken ringsum und sahen ihren Töchtern bei den schönen alten Volkstänzen in farbenprächtigen Trachten zu. Alle dachten sie natürlich, daß die eigene Tochter die netteste wäre.

Clarissa erschien nach dem Ausflug wieder mit Will und ihrer Familie. Sie ging nicht in Evelyns Nähe und vermied sogar, in diese Richtung zu blicken. Aber Evelyn ließ sich auch nichts anmerken — Clarissa war für sie erledigt.

Zu Evelyns großem Pech blieb auch Mademoiselle den ganzen Tag lang außer Reichweite. Sie half erst der Sportlehrerin bei den Vorbereitungen für die Wettkämpfe und später den Mädchen beim Anziehen der Tanzkostüme.

Evelyn tröstete sich mit dem Gedanken, daß sie morgen gleich ganz früh zu Mademoiselle vordringen würde. Sie wollte sie bitten, ihrer Mutter und Fräulein Winter die wundervolle Decke zu zeigen, an der sie gerade stickte. Das würde Mademoiselle natürlich von Herzen gern tun — sie war ja sehr stolz auf ihre Handarbeiten.

„Ich wollte, dieser Tag wäre nicht so schnell vergangen!" seufzte Dolly am Abend. „Es war einmalig schön."

Sie war glücklich, weil ihre Eltern kein Wort darüber gesagt hatten, daß sie nicht länger Klassensprecherin war. Vielmehr hatten sie beide versucht, sie zu überzeugen, daß sie schon alles verstünden und sie ermutigen wollten — ihr Vater durch eine extra liebevolle Umarmung, ihre Mutter, indem sie sich bei ihr einhängte und sie nicht losließ, als sie durch die Schule gingen.

Felicitas war natürlich toll vor Freude, ihre Eltern wiederzusehen. „Ich liebe Möwenfels", sagte sie dauernd. „Vielen Dank, daß ihr mich hergeschickt habt, Mutti und Vati!"

Was ist mit Evelyn?

Am nächsten Tag erwarteten die Mädchen ihre Eltern wieder.

Clarissa stand am Fenster und spähte eifrig hinaus.

Evelyn beobachtete sie. Wahrscheinlich schaut sie nach ihrer Mutter aus, dachte sie. Diese gräßliche Clarissa!

Plötzlich winkte Clarissa wie wild und mit strahlenden Augen. Dann lief sie aus dem Zimmer und verschwand die Treppe hinunter. Evelyn eilte zum Fenster, um zu sehen, wie Clarissas Mutter wäre und ob sie ein großes Auto hätte. Zu ihrer Überraschung sah sie nur einen ziemlich alten Wagen an der Auffahrt, und heraus kam eine ganz normal und einfach aussehende Frau. Sie hatte ein schlichtes blaues Kostüm mit einer weißen Bluse an und ein Tuch um ihr graues Haar gebunden. Sie trug eine Brille.

Na, einen tollen Eindruck macht Clarissas Mutter nicht. Und das Auto — so ein alter Schlitten! dachte Evelyn bei sich selbst. Und daß sie mit einem Tuch um den Kopf hier ankommt! Meine Mama würde so etwas nicht im Traum tun!

Ihre Mutter trug immer große schöne Hüte, elegante Kleider und ihre Perlenkette. Mit so einer Mutter wie der von Clarissa hätte Evelyn sich geschämt. Mit einem höhnischen Lächeln wandte sie sich ab, froh, daß sie nicht länger Clarissa als Freundin haben mußte.

„Was für eine wunderhübsche spöttische Miene!" sagte eine aufreizende Stimme, und Evelyn sah Britta ihren Bleistift zücken. „Bleib so, Evelyn, bitte bleib so!"

Evelyn knurrte wie ein Hund und ging hinaus. Jetzt mußte sie Mademoiselle finden und ihr erzählen, daß ihre Mutter die wunderschöne Decke sehen wollte. Es klappte großartig, und Mademoiselle lief schnell, um dieser reizenden, freundlichen Frau Lessing die Decke zu zeigen.

Alle Mädchen waren an diesem Tage draußen, entweder mit den Eltern oder mit jemand anderem. Frau Greiling war froh, daß dieser Besuchstag noch vor den Prüfungen war, so hatten die Mädchen, die hart an der Arbeit saßen, doch wenigstens eine kleine Freude. Fräulein Wagner hatte ihr gesagt, daß sie wirklich sehr fleißig seien. Außer Evelyn Lessing. Mit ihr sei einfach nichts anzufangen.

Gegen sieben Uhr waren alle zurück -- bis auf Evelyn. „Wo ist denn unsere liebe Evelyn?" fragte Alice und sah sich an der Abendtafel um. Niemand wußte es. Nun klärte Mademoiselle, die recht feierlich aussah, sie auf.

„Die arme Evelyn! Sie ist mit nach Hause genommen worden, weil ihr Herz so krank ist", sagte Mademoiselle. „Ob ihr es glaubt oder nicht, als ich ihrer Mutter davon erzählte, sagte sie, daß das liebe tapfere Kind sich nicht ein bißchen bei ihr beklagt habe, nicht mit einem einzigen Wort. Wahrhaftig, man muß das Mädchen bewundern!"

Die anderen gerieten durch diese überraschende Nachricht in Erstaunen. Sie sahen sich gegenseitig an.

„Also ist Evelyn fort", sagte Susanne. „Dann wird sie ja die Prüfungen versäumen."

Das hörte Mademoiselle. „Ja, und wie aufgeregt sie darüber war!“ erklärte sie. „‚Nein, Mama‘, sagte sie tapfer. ‚Ich kann nicht mit dir nach Hause kommen, denn die Prüfungen stehen doch vor der Tür. Ich habe ja mit Absicht nichts von meiner Krankheit erzählt, weil ich sie keinesfalls versäumen wollte.‘ Das hat sie gesagt – ich habe es mit meinen eigenen Ohren gehört.“

Der Klasse wurde beinahe schlecht. Wie schändlich! Wie gemein von Evelyn, ihre Mutter so aufzuregen! Und sie hatte wahrhaftig erreicht, was sie wollte: den Prüfungen zu entgehen. Sehr klug ausgedacht von dieser durchtriebenen Evelyn.

„Mademoiselle, was geschieht nun mit unserer lieben Evelyn?“ fragte Alice.

„Ich weiß nicht“, sagte Mademoiselle. „Ich weiß nichts weiter. Aber ich bin froh, daß ich mit ihrer Mutter sprechen konnte. Hätte ich ihr nicht meine Decke gezeigt, hätte sie überhaupt nichts davon erfahren.“

„Ich vermute, daß Evelyn Sie bat, diese Decke zu holen“, sagte Conny. „Und ich vermute weiter, daß sie gerade ihr furchtbares Herzklopfen bekam, als Sie dabei waren, Mademoiselle.“

„Ich verstehe nicht, warum du auf solch höhnische Weise von ihr sprichst, Conny“, antwortete Mademoiselle erstaunt. „Du darfst nicht so herzlos sein; du mußt Mitleid haben!“

Die anderen machten sehr bissige Bemerkungen, und das überraschte Mademoiselle noch mehr. Nein, das war nicht freundlich von den Mädchen! Mademoiselle kräuselte die Lippen und sagte nichts mehr.

„Nun“, meinte Dolly am Abend im Schlafsaal, „daß Evelyn fort ist, ist ganz in Ordnung. Aber daß Mademoiselle so auf sie reinfallen konnte! Das wäre bei Mademoiselle Rougier nicht passiert. Die durchschaut Evelyn – genau wie Fräulein Wagner auch.“

„Immerhin, sie ist gut dran, sie entgeht den Prüfungen“,

stöhnte Britta. „Ich wollte, ich könnte es auch! Schrecklich wird es sein — diese ganze Woche hindurch immerzu büffeln, nach so einem schönen Tag! Und nächsten Montag gehen die Prüfungen los!"

Es war wirklich sehr hart, bei so schönem Wetter pauken zu müssen. Alice sehnte sich nach einer Partie Tennis. Dolly sehnte sich nach dem Schwimmbad und nach einem Handballspiel. Clarissa sehnte sich, gemütlich durch den Blumengarten zu gehen und die Goldfische im Teich zu beobachten. Britta wollte gern zeichnen . . .

In dieser Woche war ständig jemand gereizt. Die Zwillinge grollten, besonders Ruth, obgleich sie weniger Angst vor der Prüfung haben mußte als Conny. Irene jammerte, weil sie sich nicht mit ihrer Musik befassen konnte. Dolly war nervös . . .

Nur Alice machte einen vergnügten und unbekümmerten Eindruck, und das brachte die anderen manchmal in Wut. Alice war immer die erste, die ihre Aufgaben fertig hatte und schwimmen gehen konnte. Sie arbeitete und pfiff die ganze Zeit über aufreizend, was die anderen wütend machte. Sie lachte über ihre ernsten Gesichter und über ihr Stöhnen.

„Es ist doch nur eine Zwischenprüfung, und die ist das ganze Elend nicht wert", pflegte sie zu sagen. „Sei doch vergnügt, Conny. Schau nicht wie ein sterbender Schwan auf dein Mathematikbuch!"

Conny ging in die Luft — genau wie damals bei Evelyn.

Sie schleuderte ihr Buch auf den Tisch und schrie: „Sei ruhig! Weil du so leicht lernst, deshalb machst du dich lustig über andere, die nicht so gut dran sind! Warte nur ab, bis du auch mal schlimmes Kopfweh hast und dabei französische Gedichte seitenweise auswendig lernen mußt! Warte, bis du ganz närrisch wirst, weil du müde bist und schlafen möchtest und es nicht darfst. Warte, bis du eine schlimme Nacht hast und an alles mögliche denken mußt, was du im Aufsatz sagen willst — dann wirst du nicht so frech und unbekümmert und spöttisch sein! Dann wirst du wohl aufhören mit deinem furchtbaren Gepfeife!" Alice war empört. Sie setzte zu einer Antwort an, aber Susanne kam ihr zuvor.

„Conny meint es in Wirklichkeit gar nicht so", sagte sie ruhig. „Wir sind alle überarbeitet und dadurch reizbar und nervös. Sind die Prüfungen erst einmal vorbei, sind wir wieder ganz normal. Laßt uns deshalb nicht streiten, damit wir die nächste Woche besser überstehen."

Dolly sah Susanne bewundernd an. Wie machte sie es nur? Wie fand sie bloß immer die richtigen Worte zur rechten Zeit?

Sie hatte wirklich Öl auf die aufgewühlten Wogen gegossen, denn Conny fing sofort an, sich zu entschuldigen: „Meine Worte von vorhin tun mir leid, Alice! Ich bin wirklich zu überarbeitet und nervös."

„Schon gut", sagte Alice, die davon überrumpelt war. „Mir tut's auch leid, daß ich gepfiffen habe. Und wenn ich jemand helfen kann, dann sagt's mir nur. Dann gebe ich euch von meiner phänomenalen Gehirnmenge ein bißchen ab."

Danach war Frieden.

Die Woche ging vorüber, und die Mädchen büffelten fieberhaft immer weiter, immer mehr. Fräulein Wagner verbot ihnen, am Sonntag vor dem Examen noch zu arbeiten, und darüber stöhnten viele.

Aber dann gab es eine Überraschung: Evelyn kehrte nach Möwenfels zurück!

Sie kam am Samstag gerade vor dem Abendessen und sah sehr kleinlaut und verweint aus. Sie hatte eine kurze Besprechung mit Frau Greiling. Danach wurde sie zu den anderen geschickt, die gerade beim Abendbrot saßen.

Margot sah sie als erste und rief erstaunt: „Nanu, Evelyn, wir dachten, du kämst nicht so bald zurück!"

„Ach, Evelyn ist wieder da!" rief Mademoiselle. „Und wie geht es deinem kranken Herzen?"

„Es ist in Ordnung, danke schön", murmelte Evelyn, ging

an ihren Platz und versuchte, so auszusehen, als wäre sie überhaupt nicht da.

Die Mädchen merkten, daß sie geweint hatte, und gaben sich Mühe, nicht zu ihr hinzublicken. Sie wußten, wie furchtbar es war, wenn man mit roten Augen herumlief.

„Dir wird's nächste Woche gut gehen!" sagte Susanne und versuchte, eine leichte Unterhaltung zu führen. „Wenn wir alle in den Prüfungen sitzen, kannst du draußen im Hof faulenzen und tun, was du magst."

Es gab eine kleine Pause. „Ich mache die Prüfungen mit", sagte Evelyn kläglich. „Deshalb haben sie mich ja zurückgeschickt. Es ist zu schrecklich!"

Zum Entsetzen der anderen fing Evelyn aufs neue an zu weinen. Die Mädchen sahen sich unbehaglich an — was mochte da geschehen sein? „Sagt lieber nichts mehr!" flüsterte Dolly, „und nehmt gar keine Notiz von ihr!"

Alice macht schlapp

Keine erfuhr jemals genau, wie es Evelyn ergangen war. Sie war viel zu gekränkt und beschämt, als daß sie es erzählt hätte. Sie sagte nichts, sondern ging während des Wochenendes gedrückt und mit rotgeweinten Augen herum.

Zuerst hatte alles so gut geklappt! Ihre erschrockene Mutter hatte sie auf der Stelle mit nach Hause genommen, nachdem Mademoiselle ihr merkwürdiges Herzflattern und -klopfen erwähnt hatte. Evelyn mußte sich niederlegen und ruhen. Fräulein Winter und ihre Mama machten ein Wesen mit ihr wie die Glucke mit einem Küken. Evelyn fand es herrlich. Sie hatte sofort die matte Art und die schwache Stimme einer Kranken angenommen.

Recht froh war sie, als sie hörte, daß ihr Vater noch weg war und wahrscheinlich die ganze Woche nicht zurückkommen würde. Bis dahin, so hoffte Evelyn, konnte sie die Halbkranke spielen, die Prüfungen versäumen und dann allmählich wieder gesund werden, wenn die Gefahr erst einmal vorbei war.

Der Arzt kam und hörte sich mit ernster Miene die erschrockenen Erklärungen der Mutter an.

„Ich habe solche Angst, daß etwas mit ihrem Herzen nicht in Ordnung ist, Herr Doktor", sagte sie. „Das Turnen und der viele Sport in der Schule sind sehr anstrengend."

Der Arzt untersuchte Evelyn sorgfältig. Als er fertig war, sagte er: „Nun, ich kann nichts finden. Jedenfalls nichts, das eine Woche Ausruhen bessern könnte. Sie ist ein bißchen dick, finden Sie nicht auch? Meiner Meinung nach müßte sie mehr Bewegung haben — mehr Sport treiben."

„Aber, Herr Doktor ... es muß irgendein Herzfehler da sein bei dem Kind", beharrte Frau Lessing. „Fräulein Winter und ich bekamen einen großen Schreck, als wir merkten, wie sie Atemnot hatte und kaum die Treppe hinaufgehen konnte."

„Ach, weshalb wollen Sie sich nun nicht beruhigen?" meinte der Arzt. „Sie brauchen sich Evelyns wegen bestimmt nicht aufzuregen."

„Ich möchte noch einen Spezialisten zu Rate ziehen", sagte Frau Lessing sofort. „Können Sie mir einen empfehlen?"

Das konnte der Arzt, und so wurde am Mittwoch die arme Kranke vorsichtig zu dem Spezialisten gefahren. Der warf nur einen Blick auf das Mädchen und wußte sofort Bescheid. Er untersuchte sie dennoch gründlich, mit vielem „Hm!" und „Ha!", so daß Evelyn es mit der Angst bekam. Hoffentlich war sie nicht wirklich krank?

Der Arzt sprach kurz mit Frau Lessing allein. „Ich werde es mir überlegen. Dann schreibe ich Ihrem Hausarzt die Einzelheiten und gebe ihm das Resultat meiner Untersuchungen. Inzwischen sorgen Sie sich nicht", sagte er.

Als der Hausarzt dann am Freitag den Brief bekam, mußte er beim Lesen lächeln. Natürlich war Evelyns Herz in Ordnung. Es fehlte ihr überhaupt nichts, außer daß sie ein bißchen zu dick war und mehr Bewegung brauchte. Turnen, Sport treiben, wandern, kein fettes Essen, keine Leckereien, viel Arbeit und weniger Beschäftigung mit sich selbst, so schrieb der Spezialist. „Sie ist eine kleine Simulantin. Schwimmen täte ihr besonders gut. Dann würde sie etwas Fett verlieren."

Als der Arzt mit Frau Lessing telefonierte, mußte er das alles natürlich etwas zarter sagen. „Ich würde sie an Ihrer Stelle sofort in die Schule zurückschicken", riet er. „Das Herumliegen ist für das Mädchen gar nicht gut."

Evelyn war zornig, als sie das hörte. Sie legte die Hand aufs Herz, als ob es ihr wehtäte. „Ach, Mama, ich fahre natürlich zurück, wenn du es verlangst, aber laß mir noch eine Woche Zeit. Dann wird es mir sicher wieder viel besser gehen."

Frau Lessing war einverstanden. Evelyn freute sich. Hauptsache, daß sie die Prüfungen verpaßte!

Dann kam ihr Vater nach Hause, in Sorge wegen der Nachrichten, die seine Frau ihm über Evelyn geschickt hatte. Evelyn lag auf der Couch und lächelte ihn an. Er küßte sie und erkundigte sich ängstlich, was der Arzt gesagt hätte.

„Was? Nichts gefunden?" fragte er erstaunt. „Ich gehe gleich mal zum Arzt. Den Brief des Spezialisten möchte ich gern selber lesen. Dann bin ich beruhigter."

Und so las er wirklich den ungeschminkten Brief, sah, daß seine Tochter als „kleine Simulantin" bezeichnet wurde. Er wußte sehr genau, daß sie wieder einmal eine Täuschung versucht hatte. Eine grausame Täuschung, die ihren Eltern viel Sorge bereitet hatte. Und alles nur, weil sie sich um die Arbeit für die Prüfungen drücken wollte!

Evelyn vergaß nie, was ihr Vater daraufhin zu ihr sagte. Er war böse und aufgebracht und zum Schluß auch traurig.

„Du bist mein einziges Kind", sagte er. „Ich möchte dich liebhaben und stolz auf dich sein wie andere Eltern auch. Warum machst du mir das aber so schwer, Evelyn? Wir haben uns beide solche Sorgen um dich gemacht — und du hast uns nur Theater vorgespielt!"

„Ich tue es nie wieder", schluchzte Evelyn beschämt.

„Morgen fährst du zurück zur Schule", sagte ihr Vater.

„Ach bitte nicht, Papa! Ich kann nicht! Wegen der Prüfungen", jammerte sie. „Ich habe nicht dafür gearbeitet."

„Das interessiert mich nicht. Versuche es trotzdem, falle durch und werde allein mit der Schande fertig. Du hast dir alles selbst zuzuschreiben. Ich werde mit Frau Greiling telefonieren, mich entschuldigen, weil wir dich fortgenommen haben, und ihr die Anordnungen des Arztes geben: Bewegung in frischer Luft, viel Sport — und vor allem: Schwimmen!" Schwimmen! Was sie doch am meisten verabscheute! Evelyn brach wieder in Tränen aus.

Sie weinte noch den ganzen Abend, und auch während der Fahrt nach Möwenfels wurden ihr die Augen immer wieder naß. Was hatte sie angerichtet? Sie war also doch nicht so klug gewesen! Nun mußte sie die Prüfungen mitmachen, ohne daß sie dafür gearbeitet hatte. Sie mußte mehr Sport treiben als bisher und wahrscheinlich sogar jeden Tag in dem widerlichen kalten Bad schwimmen!

Die Prüfungen begannen. Alle Mädchen waren zappelig — merkwürdigerweise sogar Alice. Tag für Tag arbeiteten sie, während die strahlende Julisonne durch die offenen Fenster schien und die Bienen draußen lockend summten.

Mit Alice war etwas Merkwürdiges geschehen. Sie verstand es selbst nicht. Am ersten Tag saß sie und starrte auf die Fragen, die ihr ganz leicht zu sein schienen. Das waren sie auch. Aber Alice merkte, daß sie ihre Gedanken einfach nicht sammeln konnte. Sie befühlte ihren Kopf. Hoffentlich bekam sie kein Kopfweh! Sie kämpfte mit den Fragen — ja, sie kämpfte! Das war Alice mit ihrer schnellen Auffassung kaum jemals vorgekommen. Sie sah zu den anderen hinüber und staunte — wie konnten die nur so schnell schreiben? Was war mit ihr selbst los?

Alice kannte es kaum, daß sie auch nur einen Tag krank war. Sie war kräftig, gesund und klug. Deshalb konnte sie gar nicht begreifen, weshalb die Prüfungen ihr so schwerfielen. Nachts konnte sie nicht einschlafen, sondern hustete und warf sich umher. Hatte sie zuviel gearbeitet? Nein — bestimmt nicht! Die anderen hatten viel mehr gearbeitet und sie sogar immer beneidet, weil sie nicht so viel pauken mußte. Was in aller Welt war los?

Ach, dachte Alice und suchte eine kühle Stelle auf ihrem Kopfkissen, jetzt weiß ich, wie jemand zumute ist, der nur langsam begreift, wie Diana, oder der ein schlechtes Gedächtnis hat wie Evelyn. Ich kann mich auf nichts besinnen ... und wenn ich es versuche, läßt mein Verstand mich im Stich. Als müßte er geölt werden!

Den anderen fiel auf, daß Alice in dieser Woche recht still und kleinlaut war; weil es ihnen aber nicht anders ging, sagten sie nichts. Nur ein paar schlichen mit bekümmerten Gesichtern umher: Conny hatte schreckliche Angst, Evelyn blickte jämmerlich drein, und Diana weinte fast wegen der französischen Arbeit. Im allgemeinen aber, dachte Fräulein Wagner, verhielten sie sich genauso wie vor ihnen alle anderen Mädchen während der Prüfungen.

Sie überflog ein paar der eingesammelten Arbeiten. Dolly machte ihre Sache gut. Evelyn mußte sehr viel Glück haben, wenn sie durchkommen wollte. Marlies war unerwartet gut. Connys Arbeit war schlecht und Ruths Arbeit nicht viel besser. Wie merkwürdig! Ruth gehörte sonst doch mit zu den Besten. Wenn sie weiter so schlechte Arbeiten ablieferte, fiel sie womöglich durch. Und Alice — was mochte bloß mit ihr geschehen sein! Sie schrieb schlecht, machte lächerliche Fehler ... du liebe Zeit, wollte sie Unsinn treiben?

Das tat Alice nicht. Sie konnte nicht anders. Irgend etwas war in dieser Woche mit ihr geschehen, und sie war sehr erschrocken.

Wahrscheinlich ist es die Strafe, weil ich über andere gelacht habe, die nicht so fix und gescheit sind wie ich, dachte sie bestürzt. Mein Kopf arbeitet einfach nicht mehr richtig. Es ist fürchterlich, einfach fürchterlich!

„Fehlt dir etwas, Alice?" erkundigte sich Dolly am letzten Prüfungstag. „Du siehst ganz verändert aus."

Alice klagte niemals, was auch bei ihr nicht in Ordnung sein mochte. „Nein", antwortete sie also. „Ich habe nichts. Es ist nur die Prüfung."

Sie saß während der Klassenarbeiten Dolly am nächsten. Gegen Ende der letzten Arbeit hörte Dolly ein leises Geräusch. Sie sah hoch und schrie auf: Alice war mit dem Kopf auf ihr Heft gefallen.

„Fräulein Wagner! Alice ist ohnmächtig geworden!" rief sie.

Die Hausmutter wurde geholt, und sobald Alice wieder zu sich kam und verwirrt um sich blickte, wurde sie in die Krankenstation gebracht. Die Hausmutter zog ihr die Kleider aus — und traute ihren Augen kaum.

„Du hast die Masern, Alice! Sieh nur diese roten Pusteln! So schlimm habe ich sie in meinem Leben nie gesehen! Hast du vorher nichts davon bemerkt?"

„Ja . . . schon . . . aber ich hielt es für irgendeinen Ausschlag", sagte Alice und versuchte zu lächeln. „Ach, Hausmutter, bin ich froh, daß es nur die Masern sind. Ich dachte . . . ich dachte in dieser Woche wirklich, ich hätte meinen Verstand verloren. Als würde ich blöd, so fühlte ich mich und hatte große Angst."

„Es tut mir leid, Alice, aber du darfst in dieser Woche keinen Besuch bekommen — wegen der Ansteckungsgefahr", sagte die Schwester von der Krankenstation. „Du mußt dich mit deinen eigenen Gedanken amüsieren!"

Ja — mit ihren eigenen Gedanken! Alice war dankbar,

daß es mit ihrem Kopf wieder besser ging. Sie war aber auch traurig, wenn sie daran dachte, was für schlechte Arbeiten sie abgeliefert haben mußte. Sicherlich fiel sie durch und mußte die Prüfungen wiederholen!

Nun, überlegte Alice, als sie sich zu erholen begann, ich werde in Zukunft besser lernen und nie wieder so eklig sein. Aber ich ahnte wahrhaftig nicht, wie es ist, wenn man schwer begreift. Jetzt weiß ich es. Fürchterlich ist es. Wenn einem das sein Lebtag so geht und man weiß, daß man es nicht ändern kann! Ich werde mich nie wieder über andere lustig machen. Nie! Wenigstens nicht, wenn ich dran denke. Es war eine schreckliche Angewohnheit von mir!

Das war es wirklich, und Alice fand es schwierig, sich zu ändern. Immerhin: Sie hatte den ersten wichtigen Schritt getan und erkannt, daß es etwas zu ändern gab.

Endlich waren die Prüfungen vorbei! Die Mädchen wurden ganz närrisch vor Freude, und die Lehrerinnen ließen sie sich austoben.

Evelyn war natürlich nicht glücklich. Frau Greiling hielt die Anweisungen von Evelyns Vater genau ein. So mußte die arme Evelyn mehr turnen, Handball oder Tennis spielen und mehr schwimmen als je zuvor. Doch zum Klagen oder Schimpfen hatte sie keinen Grund: Sie war ganz allein an allem schuld!

Die Sache mit Conny

„Nun können wir uns für den Rest der Schulzeit ausruhen", sagte Dolly vergnügt. „Kein Pauken mehr — Fräulein Wagner findet, wir hätten genug gearbeitet. Jetzt wollen wir unser Leben genießen!"

„Es wird sicher eine hübsche, friedliche Zeit bis zu den Ferien, ohne schreckliche Ereignisse", sagte auch Susanne. „Wenn Alice wieder gesund ist und zurückkommt, wird es noch netter."

Aber Susanne irrte sich, als sie von einer friedlichen Zeit ohne schreckliche Ereignisse sprach. Denn schon am nächsten Tag fing die Sache mit Conny an. Zuerst waren es ganz kleine Dinge: ein Radiergummi fehlte, bei einem Aufsatzheft war eine Seite herausgerissen, ein Schnürbund aus Connys Schuhen war plötzlich spurlos verschwunden.

Niemand beachtete es zuerst. Es fehlte immer mal irgend etwas und tauchte dann an den wunderlichsten Stellen wieder auf. Und daß Seiten herausgerissen wurden, kam ebenfalls vor, wie auch Schnürbänder die merkwürdige Angewohnheit hatten, herauszurutschen und zu verschwinden.

Aber bei Conny hörte es nicht auf. Sie hatte ständig irgendeinen Ärger. „Jetzt ist mein Französischbuch fort!" klagte sie. „Aus meinem Handarbeitskorb fehlt das Garn!" Heute dies, morgen das!

„Aber Conny, wieso passiert dir in letzter Zeit so vielerlei?" fragte Dolly verwundert. „Ich verstehe das nicht. Es sieht fast so aus, als wollte jemand dich ärgern — doch wer sollte das sein? Von uns würde doch keine solche albernen, dummen Dinge tun. Das sind ja Erstkläßlerstreiche!"

Conny schüttelte den Kopf. „Ich weiß auch nicht, wer es macht", sagte sie. „Aber das können ja nicht bloß Zufälle sein. Dafür passiert zu oft etwas."

„Was hältst du denn davon, Ruth?" fragte Dolly.

Aber Conny antwortete zuerst. „Ach, Ruth kann sich genausowenig denken, wer es ist. Für sie ist es sehr beunruhigend, weil Zwillinge sich ja immer sehr gern haben. Sie ist auch ganz reizend: Stets gibt sie mir ihre Sachen, wenn ich meine verliere."

„Es ist jedenfalls ungewöhnlich", meinte Dolly. „Mir tut es sehr leid, denn für die Klasse ist es ganz schrecklich."

Die Mädchen sprachen über die Sache und rätselten darüber. Ein paar von ihnen überlegten sogar, ob Evelyn wohl etwas damit zu tun hätte.

„Erinnert ihr euch, wie Conny sie einmal ordentlich zurechtgewiesen und den Finger genau auf Evelyns schwache Stelle gelegt hat? Damals, als sie den Unsinn über ihr Herz verzapfte?" sagte Diana. „Und ihr wißt ja: Evelyn hat auch früher schon häßliche Streiche gespielt. Wie machte sie es doch in der ersten Klasse mit Marlies!"

„Das nennt man: Jemand wegen eines Fehltritts ein für allemal abtun", erklärte Dolly. „Gerade weil Evelyn früher solche Sachen gemacht hat und deshalb in Verruf war, dürfen wir sie jetzt nicht ohne weiteres beschuldigen. Wartet bitte erst noch eine Weile, ehe wir etwas unternehmen."

„Hört ihr die Klassensprecherin?" rief Irene.

Dolly wurde rot. „Ich bin nicht mehr Klassensprecherin", sagte sie. „Ich wollte, ich wäre es noch. Aber im Ernst: Diese ganze Geschichte ist reichlich merkwürdig. Heute morgen war Connys Seifendose ganz voll Sand. Wußtet ihr das schon?"

„Was?" rief Britta. „Wie lächerlich!"

„Ja, das meiste ist albern und ganz sinnlos", sagte Dolly. „Glaubt ihr, es wird schlimmer? Ich meine, ob es aufhört, albern zu sein, dafür aber boshafter wird?"

„Hoffentlich nicht!" sagte Margot. „Hier kommen die Zwillinge. Hallo, Conny, ist wieder etwas passiert?"

„Ja, bei meinem Tennisschläger sind die Saiten durchgeschnitten", sagte sie und zeigte es ihnen. „Gemein, nicht wahr?"

„Du kannst meinen Schläger benutzen, Conny. Ich sagte es doch schon", versicherte Ruth, die sehr traurig aussah.„ Du kannst alle meine Sachen benutzen."

„Ich weiß, Ruth. Aber wenn deine Sachen dann auch beschädigt werden?" fragte Conny. „Ich mag das nicht."

„Sehr, sehr merkwürdig", murmelte Irene und summte eine neue Melodie, die ihr gerade eingefallen war.

Margot sang dazu: „Merkwürdig, sehr merkwürdig! Alles sehr merkwürdig!"

„Hör mal!" rief Dolly. „Deine Stimme kommt wieder. Genauso hast du früher gesungen, Margot. Wirklich!"

„Ja, ich weiß." Margot wurde vor Freude rot. „Wenn ich allein war — oft kommt das hier nicht vor —, habe ich es auch schon versucht. Laßt mich ein Lied vorsingen, dann könnt ihr mir sagen, ob ich meine Stimme wieder habe oder nicht."

Sie sang ein Volkslied. Die Mädchen lauschten wie verzaubert. Ja, es gab keinen Zweifel: Margots kräftige Altstimme war wieder da — jetzt fast noch schöner als früher.

„Nun werden wir dich wohl wieder sagen hören: ‚Wenn ich Opernsängerin bin und in Rom und Mailand singe und ...'", fing Dolly an.

Aber Margot schüttelte den Kopf. „Das werdet ihr nicht hören. Das wißt ihr auch. So bin ich nicht mehr. Oder doch? Bitte sagt, daß ich nicht mehr so bin."

„Nein, du bist nicht mehr so!" riefen alle, bemüht, Margot zu beweisen, wie gern sie sie hatten.

Ein paar Tage schien es, als hätte die Sache mit Conny ein Ende. Conny berichtete nichts mehr über seltsame Ereignisse. Aber dann erschien sie eines Nachmittags fast weinend im Gemeinschaftsraum.

„Seht!" rief sie und hielt ihre Reitpeitsche hoch. Sie hatte sie beim Wettspringen gewonnen und war sehr stolz darauf. Und nun hatte jemand die Peitsche am Stiel entlang aufgeschlitzt! „Ich war heute ausgeritten", erklärte Conny mit zitternder Stimme. „Ich kam zurück und brachte mein Pferd in den Stall ..."

„Zwei Pferde", verbesserte Will sie. „Deines und auch Ruths, wie ich zufällig gesehen habe."

„Ich brachte die Pferde in den Stall", erzählte Conny weiter, „und ließ die Peitsche dort. Als ich zurückkam, um sie zu holen, fand ich sie so!"

„War jemand in den Ställen?" fragte Dolly.

„Nein. Überhaupt niemand. Abgesehen natürlich von Will. Und von Irmgard und Felicitas und Ruth und mir. Sonst niemand."

„Nun, dann muß es eine von denen getan haben", sagte Dolly. „Aber ich kann nicht sagen, wer. Ruth und Will tun das nicht. Meine Schwester Felicitas würde nicht einmal an so etwas denken. Und ich bin ziemlich sicher, daß auch Irmgard es nicht macht, so wenig ich dieses freche kleine Ding leiden kann."

„Außerdem waren die beiden aus der ersten Klasse schon weg, als wir die Pferde in den Stall führten", sagte Conny.

„Hast du jemand bemerkt, während du dein Pferd versorgtest, Ruth?" fragte Dolly verwirrt.

„Sie hat ihr Pferd gar nicht versorgt", antwortete Conny an ihrer Stelle. „Das mache ich immer. Sie stand dabei und sah über die Pferde weg und würde jeden bemerkt haben, der herumschlich."

Allen war es ein Rätsel.

Ruth verließ den Raum und kam dann mit ihrer eigenen schönen Peitsche zurück. „Nimm diese hier, Conny", sagte sie.

„Nein, nein", wehrte Conny ab. „Dinge wie Radiergummis oder Schuhbänder nehme ich ohne weiteres, aber doch nicht deine schöne Peitsche."

An diesem Abend war Dolly mit Will allein im Zimmer. „Will", sagte sie, „bist du ganz sicher, daß heute nachmittag außer dir und den Zwillingen niemand im Stall war?"

„Ja."

„Weshalb versorgt Conny eigentlich auch Ruths Pferd?" fragte Dolly. „Ist Ruth so faul? Sie überläßt immer alles der Schwester."

„Nein, faul ist sie nicht", sagte Will. „Sie ist nur seltsam, ich finde, eine Art Schatten von Conny. So, jetzt muß ich gehen und Donner Zucker bringen. Bis nachher, Dolly."

Sie ging und ließ Dolly in tiefem Nachdenken zurück. Ihr war ein merkwürdiger Gedanke gekommen. Sie fügte ein Ding ins andere, wie ein Puzzle-Spiel — erinnerte sich an all die Unfreundlichkeiten, die Conny zugefügt worden waren, und auch an alle Freundlichkeiten, mit denen Ruth sich bemüht hatte, die unfreundlichen Dinge wieder in Ordnung zu bringen. Sie dachte auch an den merkwürdigen Ausdruck, den sie heute auf Ruths Gesicht bemerkt hatte, als Conny Ruths Peitsche nicht annahm.

Eine Art erschrockener und halb zorniger Blick, überlegte Dolly. So, als hätte sie sich bei Conny entschuldigen wollen und die Entschuldigung wäre zurückgewiesen worden.

Und plötzlich wußte sie, wer Conny all diese Bosheiten zugefügt hatte.

Was soll ich tun? überlegte sie. Einem anderen kann ich es nicht sagen, falls ich mich doch irre. Aber es muß ein Ende gemacht werden, und trotzdem habe ich ein bißchen Angst, jemand anzugreifen, damit das aufhört. Ich muß es aber tun! Es ist wichtig.

Sie stand auf, um Ruth zu suchen. Ja, es war Ruth, die sie suchte und die sie angreifen mußte!

Dolly bringt alles in Ordnung

Wo war Ruth? Nicht im Gemeinschaftsraum, nicht im Schlafsaal und nicht im Klassenzimmer . . .

„Hat jemand Ruth gesehen?" fragte Dolly, als sie beim Suchen ein paar Mädchen traf. Niemand hatte sie gesehen. Endlich erzählte eine Schülerin der zweiten Klasse, daß Ruth wahrscheinlich in den Gärtnerschuppen neben den Ställen gegangen war.

Dolly lief schnell hin. Vor dem Schuppen, in dem der Gärtner seine Geräte aufbewahrt, hielt sie inne und überlegte, was sie sagen wollte.

Als sie dort stand, hörte sie einen merkwürdigen Laut. Wahrscheinlich war jemand im Schuppen, und es hörte sich an wie Stöhnen. Dolly stieß die Tür auf und sah hinein.

Ganz hinten saß Ruth auf ein paar Säcken. Sie hielt die zerschnittene Peitsche in der Hand. Anscheinend hatte sie versucht, sie zu flicken.

Zuerst bemerkte sie Dolly nicht. Sie legte die Hand vors Gesicht und stöhnte oder schluchzte wieder — Dolly wußte nicht genau, was es war.

Ruth!" rief sie und ging hinein. „Ruth, was ist los?"

Erschrocken sprang Ruth auf. Als sie Dolly erkannte, setzte sie sich wieder hin und wandte den Kopf ab. Die zerbrochene Peitsche hielt sie noch in der Hand.

„Ruth", fragte Dolly und ging auf sie zu. „Warum hast du Connys schöne Peitsche entzweigemacht?"

Ruth sah schnell auf, erstaunt und verstört. „Was meinst du?" fragte sie. „Ich habe sie doch nicht entzweigemacht. Wer sagt das? Conny etwa?"

„Nein. Niemand. Aber ich weiß, daß du es tatest", antwortete Dolly. „Und du hast auch all die anderen häßlichen Dinge getan, nicht wahr? Etwas weggenommen, versteckt, zerbrochen — alles, was du von Connys Eigentum erlangen konntest."

„Bitte sag es niemand", bettelte Ruth und faßte nach Dollys Hand. „Bitte nicht. Ich werde es nie wieder tun."

„Aber Ruth, warum hast du das gemacht?" fragte Dolly verwirrt. „Man könnte meinen, du haßt deine Zwillingsschwester."

Ruth schlug die zerbrochene Peitsche gegen die Säcke. „Ja, ich hasse sie!" rief sie. „Aber, Dolly, ich habe sie auch lieb!"

Staunend hörte Dolly zu. „Aber man kann doch nicht jemand gleichzeitig hassen und lieben", meinte sie.

„Man kann“, sagte Ruth ganz außer sich. „Man kann, Dolly. Ich liebe Conny, weil sie mein Zwilling ist — und hasse sie, weil . . . weil . . . ach, das kann ich dir nicht sagen.“

Dolly sah eine Weile auf Ruths gesenkten Kopf und bemerkte, daß Ruth weinte. „Ich glaube, ich weiß, warum du Conny haßt“, sagte sie dann. „Ist es nicht, weil sie dich beherrscht? Sie antwortet immer an deiner Stelle, tut Dinge, die du lieber selbst tun möchtest, und stellt sich vor dich, als wäre sie mindestens zwei Jahre älter.“

„Ja“, sagte Ruth und wischte die Tränen von ihrem nassen Gesicht. „Niemals habe ich die Möglichkeit zu sagen, was ich denke. Immer ist Conny vorweg. Ich weiß natürlich, daß sie gescheiter ist als ich . . . aber . . .“

„Das stimmt nicht“, erwiderte Dolly sofort. „In Wirklichkeit müßte sie eine Klasse tiefer sein. Ich hörte, wie Fräulein Wagner das sagte. Sie wollte euch beide nur zusammenlassen, weil ihr Zwillinge seid und weil eure Mutter meinte, daß ihr nicht gern getrennt wäret. Conny kann in der Klasse nur mitkommen, weil du ihr hilfst.“

Eine Weile sagte keine von beiden etwas. Dolly überlegte wieder. Wie seltsam war das alles! Dann fiel ihr etwas ein, und sie fragte Ruth: „Ruth, warum hast du aber auf einmal angefangen, so häßlich zu Conny zu sein? Vorher warst du es doch nicht. Es kam ganz plötzlich.“

„Das kann ich dir nicht sagen“, meinte Ruth. „Aber, ach . . . ich bin so traurig darüber.“

„Nun, wenn du es mir nicht sagen willst, dann geh ich und erzähle Conny alles“, erklärte Dolly und stand auf. „Irgend etwas muß ganz furchtbar verkehrt gegangen sein, Ruth. Ich weiß nicht, ob ich es in Ordnung bringen kann, aber versuchen werde ich es.“

„Geh nicht zu Conny“, bat Ruth. „Ich möchte ihr nicht erzählen, daß ich es war, die ihr so böse mitspielte. Und Dolly, es tat mir so leid für Conny, als ich merkte, wie sie sich aufregte. Es ist gräßlich, wenn man jemand haßt und ihn unglücklich macht, und wenn man dann weiß, man liebt ihn auch und möchte ihn trösten."

„Wahrscheinlich hast du deshalb Conny immer deine eigenen Sachen angeboten", sagte Dolly. „Merkwürdige Angelegenheit das! Zuerst haßt du deinen Zwilling und versetzt ihn in Aufregung — wie bei der Sache mit der Reitpeitsche —, und dann liebst du Conny und bist traurig und kommst und schenkst ihr deine eigene Peitsche! Ich merkte, wie enttäuscht du warst, als sie deine Peitsche nicht nahm!"

„Dolly, ich will dir erzählen, weshalb ich Conny auf einmal haßte", sagte Ruth plötzlich und wischte sich die Augen. „Ich muß es einmal jemand sagen. Es war etwas Schreckliches!"

„Was denn?" fragte Dolly neugierig.

„Sieh mal: Conny betet mich an und liebt es, mich zu beschützen und alles für mich zu tun", fing Ruth an. „Und bis jetzt sind wir immer in der gleichen Klasse gewesen. Aber Conny fürchtete, daß sie die Prüfungen nicht bestünde, und glaubte, ich käme durch. Nun, und da dachte sie, wir würden dann getrennt werden. Deshalb bat sie mich, schlechte Arbeiten zu schreiben, damit auch ich durchfiele. Dann könnten wir zusammenbleiben."

Diese ungewöhnliche Zumutung verschlug Dolly schier die Sprache. Als sie endlich Worte fand, rief sie: „Ruth, wie häßlich! Du sollst durchfallen und dich demütigen lassen, wenn du doch leicht durchkommst! Sie kann dich einfach nicht lieben!"

„Doch, das tut sie ... aber zuviel", meinte Ruth. „Jedenfalls versprach ich es ihr. Ich weiß nicht, wie es kommt, aber ich muß einfach Conny immer den Willen tun, selbst wenn es etwas Schreckliches ist. Also habe ich schlechte Arbeiten abgegeben. Aber hinterdrein haßte ich Conny deshalb." Die arme Ruth hielt die Hände vors Gesicht und schluchzte.

Dolly stand auf und legte tröstend den Arm um sie. „Ich verstehe", sagte sie. „Es ist alles sehr merkwürdig und ungewöhnlich, aber irgendwie doch verständlich. Wahrscheinlich weil ihr Zwillinge seid. Conny wäre besser deine ältere Schwester. Dann hättet ihr euch gern wie andere Schwestern auch, ginget in verschiedene Klassen, und alles wäre in Ordnung. Kopf hoch, Ruth! Für dich ist es wirklich gräßlich, aber wahrhaftig, ich verstehe jetzt alles."

Durch Dollys einfache Erklärung getröstet, sah Ruth auf. Sie schob ihr Haar zurück und fuhr sich mit der Hand über die nassen Augen.

„Dolly, bitte, bitte, verrate Conny nicht, daß ich das alles tat", sagte sie. „Mir tut es jetzt furchtbar leid. Sie würde es nicht verstehen und wäre furchtbar empört und unglücklich. Das könnte ich nicht ertragen."

„Ja, aber es kann doch nicht so weitergehen, daß Conny dich kommandiert und du nur ihr Echo bist", überlegte Dolly. „Ich weiß nicht, wie man dem ein Ende machen soll, ohne mit ihr zu sprechen. Wenn du willst, komme ich mit dir."

Aber Ruth begann wieder so zu schluchzen, daß Dolly diesen Gedanken aufgab. Es läutete zum Abendbrot, und sie stand auf. „Geh jetzt und wasch deine Augen", sagte sie. „Ich will versuchen, einen anderen Weg zu finden, ohne Conny etwas sagen zu müssen. Es wird freilich schwer sein."

Schniefend, aber sehr getröstet, zog Ruth ab. Dolly rieb sich die Nase, wie sie es immer tat, wenn sie verwirrt war. Es gibt nur eines, sagte sie schließlich zu sich selbst. Ich muß mit Fräulein Wagner reden. Irgend etwas muß geschehen!

Fräulein Wagner staunte sehr, als Dolly am Abend an ihrer Tür stand und sie um eine Unterredung bat. Zuerst glaubte sie, Dolly würde sie bitten, sie wieder als Klassensprecherin einzusetzen. Aber das war es nicht.

Dolly packte die wunderliche Geschichte der Zwillinge aus. Mit dem größten Erstaunen hörte Fräulein Wagner zu. Was für Dinge in der Schule geschahen!

„Verstehen Sie, Fräulein Wagner", schloß Dolly, „wenn

Ruth es nicht ertragen kann, daß Conny die Sache erfährt, ist alles so schlimm wie vorher. Wenn sie beide nicht versetzt werden, sind sie ja wieder in der gleichen Klasse, und die arme Ruth wird weiter von ihr kommandiert und wird Conny gleichzeitig hassen und lieben. Es muß furchtbar für sie sein!"

Das ist sehr schlimm, dachte Fräulein Wagner erschrokken. Und gefährlich! Denn solche Dinge wirken sich später oft böse aus. Das sagte sie allerdings nicht zu Dolly, die sie ernst beobachtete und auf einen Rat wartete.

„Dolly, es war sicher sehr klug, wie du das herausgefunden hast", erklärte Fräulein Wagner schließlich. „Du hast sehr vernünftig gehandelt. Ich freue mich sehr über dich."

Dolly wurde vor Freude rot. „Wissen Sie, wie man alles in Ordnung bringen kann?" fragte sie. „Ach, Fräulein Wagner, ist es nicht ein Jammer, daß Ruth schlechte Arbeiten schrieb? Sonst hätte sich alles von selbst geregelt, wenn die Zwillinge in verschiedenen Klassen gewesen wären."

„Dolly", begann Fräulein Wagner nach einer Weile, „was ich dir sage, bleibt nur zwischen dir und mir. Ich habe schon in die Arbeiten hineingesehen. Ruth steht nicht so schlecht, wie sie denkt. Ich glaube sicher, daß sie durchkommt."

„Ach", rief Dolly glücklich, „dann bleiben sie also nicht mehr zusammen?"

„Wahrscheinlich nicht", sagte Fräulein Wagner. „Dadurch wird Ruth auf eigenen Füßen stehen und ihre eigene Persönlichkeit entwickeln können, statt in Connys Schatten zu leben. Es wird alles natürlich und allmählich vor sich gehen, und das ist in diesem merkwürdigen Fall das allerbeste."

„Und Conny erfährt nichts?" fragte Dolly.

„Ruth wird es ihr später einmal selbst erzählen", sagte Fräulein Wagner. „Eines Tages, wenn der rechte Augenblick da ist — und dann werden sie vielleicht darüber lachen. Paß ein bißchen auf Ruth auf! Wirst du das bis zu den Ferien tun, Dolly? Du hast jetzt ihr Vertrauen, und ich verlasse mich auch auf dich, daß zwischen den Zwillingen nichts mehr vorkommt."

„Ich passe auf", versprach Dolly, die sich über diese Aufgabe freute. „Ich habe Ruth gern."

„Und Dolly, in zwei Tagen wirst du wieder Klassensprecherin", sagte Fräulein Wagner. „Dieses Mal werde ich sehr, sehr stolz auf dich sein!"

„Ping!"

Als Fräulein Wagner mit ihrer ruhigen Stimme verkündete, daß Dolly nun wieder die Klassensprecherin sei, freuten sich alle. Zu Susanne sagte sie: „Wir danken dir, daß du den Posten für eine Weile übernahmst. Doch jetzt glaube ich, daß Dolly verdient, wieder eingesetzt zu werden."

„Weshalb, Dolly? Weshalb hat Fräulein Wagner dich jetzt wieder eingesetzt?" fragten die anderen nach der Stunde.

Dolly verriet es ihnen aber nicht. Fräulein Wagner hatte auch nicht richtig gesagt, daß sie es wegen ihres Vorgehens in der Sache mit den Zwillingen getan hätte — doch Dolly wußte es. Sie hatte dabei wirklich wie eine Klassensprecherin voll Verantwortung gehandelt.

Conny wurden keine bösen Dinge mehr zugefügt, und allmählich geriet die ganze Sache in Vergessenheit. Ruth schien ebenfalls ihre Abneigung zu vergessen und benahm sich reizend zu Conny. Nach den Ferien, überlegte Dolly, wird alles in Ordnung sein. Sie sind dann in verschiedenen Klassen. Ruth kann mit ihrem hellen Verstand vorankommen, und Conny wird nach ihrem eigenen Können arbeiten und Ruth in Frieden lassen.

Jetzt gingen die Tage schnell vorüber, Alice fühlte sich bereits besser. Zum Glück hatte sie niemanden angesteckt.

Die meisten Mädchen aus der Klasse hatten schon einmal die Masern gehabt. Alice jammerte, weil sie glaubte, bei den Prüfungen ganz bestimmt durchgefallen zu sein. In der letzten Woche vor den Ferien sollte sie wieder zum Unterricht kommen. Die Mädchen freuten sich sehr darauf. Sie hatten Alice mit ihrer lebhaften und spaßigen Art vermißt. Evelyn war wohl die einzige, die sie nicht zurückwünschte.

Clarissa versetzte die Klasse eines Tages in Erstaunen, als sie von einem Besuch beim Zahnarzt und beim Augenarzt zurückkam — völlig verändert! „Ich brauche keine Brille mehr zu tragen!" verkündete sie. „Und die gräßliche Zahnspange ist auch weg. Erkennt ihr mich noch?"

„Kaum", sagte Dolly, und Britta zückte ihren Zeichenstift, um ein Skizze von dieser veränderten und sehr hübschen Clarissa zu machen.

Lachend stand sie vor ihnen. Ihre tiefgrünen Augen funkelten, und ihre weißen Zähne waren nicht länger durch den häßlichen Draht entstellt. Ihr welliges kastanienbraunes Haar paßte gut zu ihren Augen, und sie sah ungewöhnlich und vornehm aus.

„Eines Tages wirst du eine Schönheit sein, Clarissa", beteuerte Britta, die sich mit ihren Maleraugen Clarissa schon als junge Dame vorstellen konnte. „Die Geschichte vom häßlichen Entlein, aus dem ein stolzer Schwan wurde!"

Clarissa war jetzt mit Will eng befreundet, und die anderen Mädchen amüsierten sich darüber. Niemand hätte geglaubt, daß die jungenhafte Will, die sich sonst nur um ihr Pferd Donner gekümmert hatte — oder höchstens noch um Fräulein Peters —, sich mit jemand aus der Klasse befreunden würde. Doch sie hatte es getan, und die beiden schnatterten ständig miteinander über Pferde, und sie ritten gemeinsam aus, sooft sie konnten. Evelyn ärgerte das nicht einmal mehr. Seit sie Clarissa am Besuchstag mit der wenig eleganten ältlichen Frau hatte losgehen sehen, interessierte sie sich nicht mehr für sie.

Evelyn wünschte sich eine großartige Freundin, nicht so eine einfache, deren Eltern nur einen so schäbigen Wagen fuhren. So war Evelyn wieder allein, hatte niemand zum Plaudern und Kichern, niemand als Freundin.

„Wir sollten irgend etwas unternehmen, um Alices Rückkehr zu feiern", schlug Britta vor. „Morgen kommt sie."

„Ja! Das müssen wir", stimmte Dolly sofort zu.

„Etwas ganz Verrücktes und Tolles", sagte Betty.

„Einen Streich!" rief Irene. „Wir haben schon unendlich lange keinen Streich mehr gespielt. Überlegt mal! Wohin sind wir gekommen! Wir werden langsam alt und brav!"

„Ja, laßt uns einen Streich ausdenken", sagte auch Susanne. „Schließlich sind die Prüfungen vorüber. Wir haben tüchtig gearbeitet und uns ein Vergnügen verdient."

„Aber was? Hast du diesmal nichts mitgebracht?" wandte sich Margot an Betty. „Letztes Jahr hattest du doch die schreckliche Spinne, die von der Decke baumelte und einer richtigen täuschend ähnlich sah. Wir konnten sie damals nie benutzen. Ach, und ich hätte Mademoiselle mal sehen mögen, wenn wir sie über ihr Pult gehängt hätten!"

Alle kicherten. „Ich habe sie nicht wieder mitgebracht", sagte Betty bedauernd. „Als ich in den Ferien bei Alice war, hat einer von ihren Brüdern sie geschnappt. Aber dafür habe ich etwas anderes, was noch viel besser ist!"

„Was denn?" fragten alle gespant.

„Ich habe es noch nicht ausprobiert", erzählte Betty. „Es sind ganz merkwürdige Dinger. Kleine graue Pillen, ganz flach. Die eine Seite ist klebrig — damit heftet man sie an die Decke."

„Und dann?" fragte Irene.

„Man muß jede Pille mit einer bestimmten Flüssigkeit bestreichen", erklärte Betty weiter. „Nach einiger Zeit löst sich dann — wie es in der Gebrauchsanweisung steht — eine merkwürdige Blase von der Pille, gleitet abwärts und platzt plötzlich. Und dabei gibt es einen lauten Knall!"

Alle lauschten entzückt. „Betty! Das ist einfach wundervoll!" rief Irene aufgeregt. „Das müssen wir morgen machen, um Alices Rückkehr zu feiern. Wir holen die Stehleiter und kleben damit ein paar solche Pillen an die Decke. Vor Mademoiselles Stunde! Bei der kann man solche Streiche besonders schön machen."

Also wurde die Stehleiter in dem Schrank vor ihrer Klasse heimlich versteckt, und kurz vor Unterrichtsbeginn wurden schnell ein paar von den flachen grauen Pillen oben an der Decke angeklebt. Den Mädchen erschien es wunderbar, wie fest sie dort hafteten und daß sie kaum zu sehen waren.

Betty wischte mit einer Flüssigkeit aus der kleinen Flasche, die in der Schachtel bei den Pillen lag, darüber. Dann wurde die Leiter wieder in dem Schrank versteckt, gerade als Mademoiselles klappernde Absätze auf dem Flur zu hören waren. Diana lief hin, um ihr die Tür aufzuhalten, die anderen standen neben ihren Plätzen.

„*Merci* — danke, Diana", sagte Mademoiselle munter. „Ach, Alice ... es ist sehr, sehr nett, daß du wieder da bist. Es war nicht schön mit deinen Masern, wie?"

„Nun, offen gesagt, haben sie mir nach dem ersten Tag nicht mehr viel ausgemacht", antwortete Alice lachend. Sie sah sehr frisch aus.

„Nur gut, daß keine von euch anderen sich angesteckt hat", sagte Mademoiselle und setzte sich.

„Ich hatte schon als kleines Kind die Masern", erzählte Irene, und das war für die anderen das Zeichen, ebenfalls von ihren Masern zu berichten. Mademoiselle mußte schließlich Schluß damit machen, weil sie allmählich zu laut wurden.

„Nun nichts weiter von den Masern", sagte sie energisch und wunderte sich, warum die Mädchen so darüber lachten.

Sie warfen ab und zu einen schnellen, verstohlenen Blick zur Decke und warteten, daß die Geschichte in Gang kam. Alice hatte natürlich schon von dem Streich gehört und war begeistert von dieser Art, ihre Rückkehr zu feiern. Sie hatte vorgeschlagen, daß sie alle tun wollten, als sähen sie weder die Blasen noch hörten sie das Knallen, wenn die Blasen platzten.

„Mademoiselle wird glauben, sie phantasiert", meinte sie. „Mir ginge es jedenfalls so, wenn ich um mich herum Blasen sähe und sie platzen hörte und kein anderer merkte etwas davon."

„Heute werde ich die Fragen von euren Prüfungsarbeiten durchgehen", sagte Mademoiselle lächelnd. „Ihr werdet mir sagen, was ihr geschrieben habt, und ich sage dann, ob es falsch oder richtig war."

Irene stieß Britta an. Die erste der grauen Pillen fing an, sich zu verwandeln. Eine kleine graue Blase bildete sich oben an der Decke. Sie wurde ein wenig größer, wurde so schwer, daß sie sich löste und langsam durch die Luft herunterschwebte. Drei Pillen waren genau über Mademoiselles Platz befestigt worden.

Mit angehaltenem Atem beobachteten die Mädchen, wie die Blase langsam herabkam. Es sah aus, als wollte sie auf Mademoiselles Kopf fallen, dann schien sie es sich anders zu überlegen: Sie glitt an Mademoiselles Haar entlang, nahe an ihrem linken Ohr. Als sie dort war, platzte sie plötzlich, und ein sonderbares, scharfes, metallisches „Ping!" erklang.

Mademoiselle fuhr beinahe aus der Haut. *„Tiens!"* rief sie. „Was war das?"

„Was soll denn gewesen sein?" fragte Susanne unschuldig.

„Ein Ping — so!" sagte Mademoiselle und machte den Ton nach. „Ping! Hast du das nicht gehört, Susanne?"

„Ping! Was meinen Sie damit, Mademoiselle?" fragte Susanne und setzte eine so erstaunte Miene auf, daß Dolly am liebsten vor Lachen geschrien hätte. „Meinen Sie Pong?"

„Vielleicht ein Ping-Pong?" schaltete sich Irene ein und fing zu kichern an. Margot kicherte auch. Dolly sah stirnrunzelnd hinüber.

„Hier sitze ich, und plötzlich macht es in meinem Ohr ‚Ping!'" rief Mademoiselle. „Ich habe es ganz deutlich auf dem Ohr gefühlt."

„Ach, ich dachte, Sie hätten es gehört?" fragte Susanne.

„Gehört und gefühlt. Eine merkwürdige Sache."

Die nächste Blase kam herunter. Die Mädchen taten, als merkten sie nichts, und warteten doch nur, bis die Blase dicht bei Mademoiselle war. Sie schwebte herunter und explodierte an ihrem Kopf. „Ping!" klang es laut und deutlich.

Mademoiselle sprang auf. Sie drehte sich um. „Da war es wieder!" rief sie. „An meinem Nacken — ‚Ping!' —, und weg war es. Was mag das sein?"

„Vielleicht haben Sie Ohrensausen?" sagte Dolly.

Daraufhin bekam Irene einen ihrer schrecklichen Lachkrämpfe. Diana und Margot prusteten ebenfalls los.

„Hörst du das Ping nicht auch, Dolly?" fragte Mademoiselle erschrocken. „Ich bin ..."

Ping! Die nächste Blase platzte, und Mademoiselle staunte mit offenem Mund. Was für ein Knallen war das? Und warum hörten die Mädchen nichts? War es etwa ein Streich?

„Habt ihr etwas angestellt?" fragte sie. „Einen häßlichen, verteufelten Streich gegen eure arme alte Mademoiselle? Ich habe nicht ..."

Ping! Oben auf Mademoiselles Kopf landete eine kleine Blase und zerplatzte. Mademoiselle kreischte.

„Was ist das?" schrie sie. „Hört auf zu lachen, Mädchen. Sagt mir, was da immerzu explodiert!"

Sie sah, wie Irene zur Decke schaute, und blickte ebenfalls hinauf. Aber in diesem Augenblick kam gerade keine Blase herunter. Dann aber platzte eine, die fast bis auf den Boden gekommen war, genau vor ihren Füßen!

Mademoiselle sprang auf wie gestochen. Sie lief zur Tür. „Unglaublich", rief sie. „Ich hole Hilfe!"

Inzwischen waren die Mädchen vor Lachen halb krank. Dolly liefen die Tränen übers Gesicht. Susanne hielt sich die

Seiten, die ihr schon weh taten. Irene schien zu ersticken, und Alice und Betty klammerten sich kraftlos aneinander.

Mademoiselle stürzte zu Fräulein Wagner. Die unterrichtete in der zweiten Klasse und staunte, als Mademoiselle plötzlich hereinschneite.

„Mademoiselle Wagner, bitte kommen Sie in meine Klasse", flehte Mademoiselle sie an. „Es macht ‚Ping!' und dann ‚Pong!' — gerade an meinen Ohren — ja, und dann neben meinem Fuß!"

Fräulein Wagner sah sie verwundert an. Hatte Mademoiselle den Verstand verloren? Was sollte das mit dem „Ping" und „Pong"? Die zweite Klasse kicherte.

„Mademoiselle, was soll das bedeuten?" fragte Fräulein Wagner ärgerlich. „Erklären Sie es bitte genau."

„In Ihrer Klasse gibt es Pings und Pongs", erzählte Mademoiselle wieder. „Die Mädchen hören nichts, aber ich. Ich mag das nicht. Fräulein Wagner, ich bitte Sie, kommen Sie!"

Weil Mademoiselle schon beinahe auf den Knien flehte, ging Fräulein Wagner schnell mit hinüber in die Vierte. Dort hatten sich die Mädchen inzwischen ein bißchen erholt und hielten Ausschau, wer wohl käme. Inzwischen waren ein paar weitere Blasen heruntergeschwebt und knallend geplatzt. Eine war gerade wieder unterwegs.

„Pssst! Fräulein Wagner kommt", rief Margot plötzlich von der Tür her. „Nehmt euch zusammen!"

Die Mädchen bemühten sich, das zu tun, und standen auf, als die beiden Lehrerinnen hereinkamen.

„Was bedeutet das?" fragte Fräulein Wagner ungeduldig. „Warum beklagt sich Mademoiselle? Ich kann mir kein Bild daraus machen."

„Es knallt immerzu", jammerte Mademoiselle, die fast verzweifelte, weil Fräulein Wagner gar nichts begriff.

„Ich glaube, Mademoiselle hat irgendwelche Geräusche in den Ohren", erklärte Alice höflich. „Sie hört Pings und Pongs."

„Ping!"

Dicht neben Mademoiselle fiel eine Blase zu Boden und platzte. „Ping!" Mademoiselle sprang hastig beiseite und stieß Fräulein Wagner mit dem Finger in die Rippen. „Da war es wieder. Wie ich sagte: Ping!"

„Bitte stoßen Sie mich nicht so, Mademoiselle", sagte Fräulein Wagner kühl. Gleich darauf platzte die nächste Blase — und dann noch eine. Fräulein Wagner sah sich verwirrt um.

„Ich gehe", erklärte Mademoiselle und machte einen Schritt zur Tür. „Ich gehe. In diesem Raum ist irgend etwas Gräßliches im Gange!"

Fräulein Wagner zog Mademoiselle zurück. „Seien Sie doch vernünftig. Ich habe das Geräusch auch gehört, und ich kann nicht begreifen, wieso die Mädchen es nicht hörten."

Plötzlich entschieden die Mädchen sich, das nächste Knallen zu hören. Beim nächsten Mal riefen sie also alle miteinander: „Ping!" — „Ich habe es gehört!" — „Ich auch!"

„Ruhe!" sagte Fräulein Wagner, und sofort war alles still — gerade rechtzeitig, bevor die nächste Blase auf Mademoiselles Nase herabschwebte und mit einem extralauten Ping zerplatzte.

Mademoiselle schrie auf. „Eine Welle! Ich habe eine Welle gesehen, und es machte ‚Ping!'"

Fräulein Wagner fing langsam an zu glauben, daß Mademoiselle an diesem Morgen wirklich närrisch sein mußte. Was war das jetzt für eine Welle?

Und dann sah Fäulein Wagner das, was Mademoiselle eine „Welle" nannte. Die Blase segelte diesmal an *ihrer* Nase vorbei, und sie schnappte nach Luft. Auf dem Pult gab es einen lauten Knall.

Schweigend sah Fräulein Wagner hinauf zur Decke. Ihre scharfen Augen entdeckten die drei flachen Pillen — und sahen, wie sich langsam eine Blase bildete. Sie blickte die Klasse an, die das Lachen zu unterdrücken versuchte, es aber nicht fertigbrachte, unschuldig auszuschauen.

Fräulein Wagners Lippen zuckten. Was die Mädchen getan hatten, wußte sie nicht, auch nicht, worin der Trick bestand. Aber sie merkte, es war eine großartige Sache, und eine sehr lustige dazu. Besonders wenn jemand wie die arme Mademoiselle Dupont das Opfer war, die sich über jedes ungewöhnliche Ereignis aufregte.

„Mademoiselle, nehmen Sie die Klasse für den Rest der Stunde in den Hof hinaus", riet sie. „Dort wird nichts mehr knallen. Und wenn ich Sie wäre, ließe ich das nächste Mal, bevor Sie in die Klasse kommen, die Decke abfegen."

Dieser letzte Vorschlag versetzte Mademoiselle in solches Erstaunen, daß sie nur sprachlos hinter Fräulein Wagner herstarren konnte. Die Decke abfegen! War Fräulein Wagner bei Verstand?

Die Klasse fing über Mademoiselles verwundertes Gesicht wieder zu kichern an — und dann, als es abermals knallte, stürzte Mademoiselle zur Tür.

„*Allons* — vorwärts! Wir gehen in den Hof!" rief sie. „Das war zuviel Störung. Kommt hinaus! Wir lassen diese Pings und Pongs jetzt hinter uns und wollen noch etwas arbeiten."

Die Geschichte von den Pillen und den Pings ging wie ein Lauffeuer durch die Schule. Die Mädchen bogen sich vor Lachen. So viele wollten den Raum der vierten Klasse sehen, daß Fräulein Wagner allmählich ärgerlich wurde.

Sie stellte einen Besen neben die Tür. „Jeder, der kommt, kann die Decke sechsmal abfegen", ordnete sie an. „Und ich kann euch verraten: Das ist nicht so leicht, wie es aussieht."

Hurra, Ferien!

„Ach, das hat mir aber wohl getan!" sagte Alice am Abend. „In meinem ganzen Leben habe ich nicht so viel gelacht. Mademoiselles Gesicht, als die erste Blase platzte!"

„Fräulein Wagner ist ein feiner Kerl, findet ihr nicht auch?" sagte Dolly. „Sie hat die Sache durchschaut und hätte am liebsten darüber gelacht. Ich sah, wie ihre Lippen zuckten. Mir tut es leid, daß wir sie als Klassenlehrerin verlieren."

„Richtig, wir wechseln ja nach den Ferien", sagte Susanne. „Schade!"

„Es war eine schöne Zeit", erklärte Dolly, „obwohl es manchmal auch böse zuging — besonders, als ich mein Amt als Klassensprecherin verlor."

„Ich habe mich gefreut, daß du es wieder bekamst", sagte Ruth. Sie sprach plötzlich von allein, wie es neuerdings manchmal vorkam. Sie sah Dolly voll Zuneigung an. Seit Dolly die Angelegenheit in Ordnung gebracht und Conny nichts erzählt hatte, bewunderte Ruth sie sehr. Fräulein Wagner hatte Ruth ganz beiläufig gesagt, daß sie die Prüfung wahrscheinlich bestanden habe, obwohl ihre Arbeiten enttäuschend gewesen seien — und daß sie hoffe, Ruth wäre nicht allzu betrübt, wenn Conny es nicht geschafft hätte und die Zwillinge dadurch auseinanderkämen.

Es sah also so aus, als würde es nach den Ferien besser werden. Conny kam sicher schnell über die Trennung hinweg. Und im Schlafsaal und während der Mahlzeiten konnten die Schwestern sich ja immer sehen.

Die letzten Schultage vergingen wie im Nu. Der Abreisetag war plötzlich da. Der übliche Höllenlärm brach los. Die Lehrerinnen glaubten langsam, wahnsinnig zu werden, als die Mädchen schreiend und rufend um sie herumquirlten, Koffer umhergeschleudert wurden, Reisetaschen verschwanden und in jedem Turm ständig Lärm tobte.

Zuerst brachen die Mädchen auf, die mit dem Zug heimfuhren. Als sie in den Bus stiegen, der sie zum Bahnhof brachte, wurden ihnen laute Abschiedsgrüße nachgerufen.

Dolly begab sich auf die Suche nach Felicitas, die ständig irgendwo hinzurennen hatte. Sie entdeckte sie, als sie mit Steffi Adressen austauschte. Irmgard war schon fort, und Dolly hatte beobachtet, daß Felicitas sich nicht einmal die Mühe gemacht hatte, ihr nachzuwinken. Diese Freundschaft war also endgültig vorbei. Ein Glück, dachte Dolly.

Clarissas grüne Augen funkelten vor Aufregung. „Meine Mutter ist da", rief sie Will zu. „Komm und begrüße sie. Sie möchte wissen, ob du uns in den Ferien besuchst."

Zur gleichen Zeit wie Clarissa und Will ging auch Evelyn hinaus. Vor der Treppe sah sie einen großen chromblitzenden Wagen. Eine sehr gut angezogene Frau mit kastanienbraunen Haaren beugte sich heraus. Neben ihr saß ein vornehm aussehender Mann.

„Mutter!" rief Clarissa. „Nun bist du doch gekommen! Darf ich dir meine Freundin vorstellen? Du wolltest sie doch für die Ferien einladen."

Vor Erstaunen über diesen tollen Wagen schnappte Evelyn nach Luft. Und dazu solch elegante und vornehme Eltern! Aber wieso waren es Clarissas Eltern? Sie, Evelyn, hatte doch die so simpel wirkende grauhaarige Frau in dem alten Auto kommen sehen – damals am Besuchstag!

„Leb wohl, Evelyn!" rief Clarissa, die sie in der Nähe stehen sah.

„Aber ... ich dachte, das wäre damals deine Mutter gewesen, die dich am Besuchstag abholte", sagte Evelyn.

„Ach nein, das war meine liebe alte Lehrerin", erzählte Clarissa und stieg in den Wagen. „Mutter konnte nicht kommen, deshalb holte Fräulein Kirsten ihre alte Karre heraus und kam her. Und du hast geglaubt, sie wäre meine Mutter? Wie drollig!"

Gerade kam auch Frau Lessing, Evelyns Mutter, mit dem Wagen und winkte. „Wie geht es dir, Evelyn? Siehst du aber frisch und gesund aus! Wer war denn das reizende hübsche Kind, das gerade in dem schönen Wagen abfuhr? Geht sie in deine Klasse?"

„Ja", sagte Evelyn und gab ihrer Mutter einen Kuß.

„Hoffentlich bist du mit ihr befreundet", sagte die Mutter.

„Neulich beim Besuchstag hast du sie schon gesehen", sagte Evelyn düster. „Damals gefiel sie dir nicht. Es ist Clarissa Edle von und zu Hartenstein."

Dolly und Felicitas sahen sich an und kicherten. Wie sehr mußte Evelyn bedauern, daß sie Clarissas Freundschaft nicht gewonnen hatte.

„Da kommt unser Auto", rief Felicitas plötzlich. Sie nahm Mademoiselle in den Armen. „Leben Sie wohl, liebe Mademoiselle. Bis nach den Ferien!"

„Ach, du liebes Kind", sagte Mademoiselle, gerührt über soviel plötzliche Zärtlichkeit. Sie küßte sie auf beide Wangen, und alle lachten über Felicitas' verblüfftes Gesicht.

„Lebt wohl, alle!" Dolly winkte den übrigen Mädchen zu. Und dann rief sie übermütig: „Hurra, Ferien!"

Enid Blyton: Dolly-Serie

HABE ICH		WÜNSCHE ICH MIR
	Dolly sucht eine Freundin (Band 1) Ein Hitzkopf hat es schwer, sich in ein Internat einzufügen	
	Dolly — Wirbel in Klasse 2 (Band 2) Unsere Burg ist die beste Schule der Welt	
	Dolly — Ein Pferd im Internat (Band 3) Ein Mädchen kann sich nicht von seinem Pferd trennen	
	Dolly — Die Klassensprecherin (Band 4) Dolly hat es nicht leicht, sich zu behaupten	
	Dollys großer Tag (Band 5) Viel Streit um ein Theaterstück	
	Dolly — Abschied von der Burg (Band 6) Mit viel Trubel wird das letzte Schuljahr beendet	
	Dolly hat Heimweh nach der Burg (Band 7) Hurra, wieder auf Möwenfels!	
	Dolly — Eine aufregende Mitternachtsparty (Band 8) Dolly fällt immer etwas ein	
	Dolly — Die Burg erlebt ihr größtes Fest (Band 9) Wir werden Möwenfels nie vergessen!	
	Dolly — Wiedersehen auf der Burg (Band 10) Dolly kehrt auf die geliebte Burg zurück	

HABE ICH		WÜNSCHE ICH MIR
	Dolly — Hochzeit auf Burg Möwenfels (Band 11) Dolly erlebt den schönsten Tag ihres Lebens	
	Dolly — Die jüngste Burgmöwe (Band 12) Das große Ereignis in Dollys Leben	
	Dolly — Überraschung auf der Burg (Band 13) Verwicklungen um eine Prinzessin	
	Dolly — Klassentreffen auf der Burg (Band 14) Möwenfels steht kopf	
	Dolly — Ein Möwenfest im Möwennest (Band 15) Die Burg wird gerettet	
	Dollys schönster Sieg (Band 16) Was ist mit Gundula los?	
	Dolly — Eine Hauptrolle für die Burg (Band 17) Kamera ab im Möwennest!	
	Dolly — Sag ja, Dolly! (Band 18) Dolly muß sich entscheiden!	
	Dolly — Sammelband 1 (enthält die Bände 1, 2 und 3)	
	Dolly — Sammelband 2 (enthält die Bände 4, 5 und 6)	
	Dolly — Sammelband 3 (enthält die Bände 7, 8 und 9)	
	Dolly — Sammelband 4 (enthält die Bände 10, 11 und 12)	
	Dolly — Sammelband 5 (enthält die Bände 13, 14 und 15)	